がさつで無神経で
乱暴な男子
…小さい頃から
嫌いだった
男の子がいる家に
一カ月同居？
それって男嫌いを
克服するチャンス
じゃない？
JN180068

起きて！
遅刻しちゃ・・・
わっ⁉
そんなに俺に
押し倒されてーの？
私、なんか変。
男の子が苦手
だったのに
一ノ瀬くんに
ドキドキしてる

佐倉（さくら）！
どうした？
大丈夫か？
ひとりで帰るなって
いっただろう
きみの腕の中は
どんなところよりも
安心な場所なんだ
ごめんなさいっ

あいつ、カッコつけてばっか
でも、前から佐倉さんのこと守ってたのは
一ノ瀬だった
どうしてそんなに優しいの？
きみへの想いどうしたらいい？

野いちご文庫

君の笑顔は、俺が絶対守るから。

夏木エル

STARTS
スターツ出版株式会社

contents

同居なんて聞いてない！

好きな人、苦手な人 ---------- 8
"苦手"の克服 ---------- 37

波乱の同居生活スタート！

みんなには秘密 ---------- 64
キケンな同居生活!? ---------- 112
同居人の素顔 ---------- 144

この同居問題あり！

近くて遠い同居人 ---------- 178
ケンカするほどなんて嘘 ---------- 215
嵐の夜 ---------- 245

同居生活終了です！

離れがたい思い ---------- 274
私の好きな人 ---------- 293

特別書き下ろし番外編

---------- 315

あとがき ---------- 340

Sakura Azusa

ヒロイン

さくらあずさ
佐倉梓

男子が苦手な高校2年生。さっぱりとした性格だけど、自覚がないだけで本当は女の子らしい一面も。ある日、両親の事情で、同級生の一ノ瀬と同居することになって…。

Ichinose Chiaki

ヒーロー

いちのせちあき
一ノ瀬千秋

梓と同じ学校に通う同級生。いつも無表情だけどモテモテのクールなイケメン。女子にはそっけない態度をとるけれど、突然、同居することになった梓のことが実は心配で仕方がない。

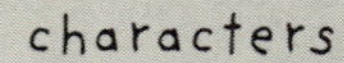

ヒーローの友人

高橋真純

一ノ瀬の親友。日焼けした肌に白い歯が爽やかなサッカー部の王子様。明るいムードメーカー的存在で、誠実で優しくてみんなの人気者。

ヒロインの友人

川田未衣奈

しっかり者だけどちょっと変わったところもある、梓の親友。大人っぽい顔立ちでメイクやおしゃれが好き。暴走しがちな梓のストッパー役。

ヒロインの友人

松井小鳥

おっとりとした性格で優しくて、梓の自慢の幼なじみ。ふわふわの長い髪がよく似合う妖精のような、学校一の美少女。

ある日、苦手な同級生と
みんなには内緒の同居生活をすることに⁉
「もっと周り見て歩け」
感じが悪いと思っていた男子だけど
一緒に住んで距離が縮まると
「大丈夫。俺が守ってやるから」
実は一途で優しい人だった……？

口が悪くてクールな心配性⁉（寝顔は天使）
【一ノ瀬千秋】CHIAKI ICHINOSE

×

男嫌いで可愛いものを守るために生きている
【佐倉梓】AZUSA SAKURA

「どうしよう……一ノ瀬くんの寝顔が可愛すぎてつらい！」
この同居、一波乱あり。

同居なんて
聞いてない!

好きな人、苦手な人

朝陽の射し込む部屋のベッド脇で、私はそっと感動のため息をもらした。

「天使のような寝顔って、こういうのを言うんだろうなぁ……」

ベッドに眠るのはこの部屋の主。

閉じられた瞼の先を飾るのは、繊細なレースのような長いまつ毛。

すっと通った鼻筋は、男子にしては白くきめ細やかな肌に影を作っている。

うすく開かれた唇は淡いピンクで、つい触れてみたくなるほどふっくらと柔らかそうだ。

切れ長の瞳が見えないせいか、眠る表情はあどけなく、ふだんの彼からは想像できないほど可愛らしい。

「寝顔はこんなに可愛いのに」

小さくそうこぼし、静かに天使の寝顔に手を伸ばす。

いたずら心で白い頬をつつこうとしたのだけれど、突然布団の中から大きな手が現れ、手首を掴まれた。

「え……ひゃあ⁉」

そして気づけばベッドの上。

憎らしいほど可愛い寝顔のまま、ムニャムニャ言いながら私を抱きしめる。

「んー……マロ。もうちょっと寝かせてくれ……」

寝ぼけた声でそう言うと、天使の寝顔が近づいてきて、チュッと私の頬にキスをした。

ぎゅうっと私を抱えるようにして、再び深い眠りに入っていこうとする相手に、プチンと私の中でなにかが切れる音がした。

「私はペットじゃなあーい‼」

そして今朝もまた、一ノ瀬家に平手打ちの音が響き渡るのだった。


今日も不埒な男が、私の可愛い小鳥に近づいてきた。

「松井さーん。はい、これ。ノート集めてるんだよね？」

でれっと鼻の下を伸ばしたクラスメイトの男子が、数学のノートをさしだす。

それをにこやかに受けとったのは、私の幼なじみで親友の、松井小鳥だ。

「うん。ありがとう、山田くん」

ふわふわの長い髪を揺らして小鳥が微笑めば、見惚れない男はいない。

案の定、ノートをさしだした山田だけでなく、周りにいたほかの男子も小鳥に目を奪われ、そろってぽっかり口を開けている。

「あ、あのさ！　ノート運ぶの、俺、手伝おうか！」

「え？　ううん。そんな、悪いよ」

「だって松井さんみたいなか弱い女子が運ぶの、大変じゃん？」

「大丈夫。私、こう見えても力持ちなの。でもありがとう」

小鳥はこうしてきちんと断っているのに、山田はしつこく「遠慮しないで！」と食いさがる。可愛い小鳥に近づきたくて、男子はみんな必死なのだ。

そしてここで、私の出番である。

「ちょっと山田く〜ん？　気安く小鳥に話しかけないでくれる？」

「げっ。さ、佐倉」

「小鳥に声をかけるときは、私に断ってからにしてくれないと、困るんだよねぇ」

小鳥と山田の間に割り込み仁王立ちする私に、彼はムッとした顔で詰め寄ってきた。

正直、近寄らないでほしいんだけど、私も負けじと前に出る。

「佐倉お前さぁ、いっつも松井さんに話しかけようとすると邪魔してくるけど、いったいお前になんの権利があってそうしてるわけ？」

「幼なじみの権利に決まってるでしょ？　あんたこそ、なんの権利があって可愛い小鳥に近づこうとしてるわけ？　自分が小鳥にふさわしいとでも思ってるの？」

この！　妖精のように愛らしい、学校ナンバーワンの美少女と言われている小鳥に！

山田は「話しかけるくらいいいだろ！」と文句を言いながらも、自分の席へと戻っていった。うらめしげに睨まれたけど、いちいち気にしてはいられない。

まったく。男なんかみんな、小鳥という美しい花にむらがるハチだ。ブンブンうるさくて、攻撃的で、嫌になる。

「小鳥〜。大丈夫だった？　山田になんかされなかった？」

私が小鳥の細い手を握りながら聞けば、大事な幼なじみは大きな目をまん丸にして「なにもされてないよ」と笑った。

ああ、本当になんて可愛らしいんだろう。

小さくて、触れたら折れてしまいそうなほど細くて、小さな顔はお人形さんみたいに整っていて、声までが小鳥のさえずりみたいに愛らしい。

おしとやかで性格も優しくて、大好きな自慢の幼なじみだ。

「ほんと？　触られたりしなかった？　手、洗いにいこうか？　消毒する？」

「やだ。梓ったらなに言ってるの？」

くすくすと笑う小鳥に癒されていると、それまで黙って見ていた友だちが「ほんとだよ」と会話に入ってきた。

「アズにゃんってば、小鳥が絡むとほーんと辛辣になるんだから。さすがに男子がかわいそうになってくるわ」

呆れたようにそう言ったのは、川田未衣奈。

潔いショートカットを赤茶に染めた彼女は、メイクもバッチリしていて顔立ちも大人っぽく、小鳥とはまた違った目立ち方をする女の子だ。

しっかり者だけどちょっと変わっている子で、ミーナと真ん中の部分を長音符にして呼ばなければ怒る彼女は、小鳥のことは普通に呼ぶのに、私のことをアズにゃんなんて、おかしなあだ名で呼ぶからまいる。

「男子に同情なんてする必要ないもんね。ことあるごとに小鳥にちょっかい出して、からかったり強引に迫ってきたり、ろくなことしないんだから」

「あー、はいはい。アズにゃんは小鳥姫のナイトだもんねぇ」

「ちょっとミーナ、ばかにしてる?」

「してない、してない。小鳥も苦労するなーって同情してるだけ」

「ミーナ!」

私が怒ると、ミーナはペロッと舌を出して笑う。

まったく悪びれない彼女だから、私もそれ以上怒れず、それでも不満で唇を尖らせた。

「ミーナ。梓は心から私を心配してくれてるの。からかわないであげて」

「小鳥……！　私の味方は小鳥だけだよ！　大好き！」

「私も梓が大好きだよ」

「はー、まったく。小鳥はアズにゃんに甘いんだから」

ミーナはそう言って呆れるけれど、小鳥は優しすぎて男子にしつこくされても断れないから、私が守ってあげないと。

今までだってそう。小鳥のことを、私は小さいときから守ってきた。それこそ幼稚園の頃からだから、ナイト歴にもかなり年季が入っている。

小鳥のことが好きでわざと意地悪をしてくる幼稚園のガキ大将や、か弱くて心優しい小鳥をいじめる男子から、私は大切な幼なじみを守ってきたのだ。

女子にしては背が高くて運動神経もよかった私は、それが自分の役目だとずーっと信じて生きてきた。

がさつで無神経で乱暴な、男というケダモノどもに、小鳥を傷つけさせてなるもんか。

「アズにゃんの男嫌いにも困ったもんだねぇ。そんなんじゃ彼氏もできないじゃん」

「彼氏ぃ？　そんなものいらないよ！　男なんかいなくても、じゅうぶんぶん楽しいし！　ね、小鳥？」

　すぐにうなずいてくれると思ったのに、なぜか小鳥は「うーん」と悩むように小首を傾げた。

「え……もしかして小鳥、私とじゃ満足できない……？」

「アズにゃん。その言い方は誤解をまねくんじゃない？」

「ふふ。ううん、そうじゃなくて。梓、せっかく可愛いのにこのままじゃもったいないなって思って」

　ちょっと聞いた？　聞きました？

　見た目だけじゃなく性格までこんなに可愛い子、ほかにいる？

「ありがとう～！　私のことを可愛いなんて言ってくれるのは、この世で小鳥だけだよ……！」

「いやいや、アズにゃん。私もたまに言うじゃん。アズにゃんは男子に冷たくしなければ、顔は可愛いんだからモテるのにって」

「小鳥だけだよ……！」

「ちょ、いいかげん小鳥以外の存在も認識してくれませんかね？」

　私とミーナのやりとりを聞きながらクスクス笑う小鳥に比べれば、私の可愛さなんて蟻(あり)んこみたいなものだ。

一六七センチと背は高いし、目は大きいだけでちょっときつい印象の猫目だし。黙っていると「怒ってる？」って言われるくらい、目つきが悪いみたいだし。

肩のあたりで切りそろえた真っ黒な髪を、小鳥はさらさらで羨ましいと言ってくれるけど、小鳥のふわふわと柔らかい曲線を描く栗色の髪のほうがずーっと綺麗だ。

「私はいいの！　男なんて好きになるわけないし」

私みたいな可愛くない女を好きになる男だっていないと思う。

「でも、ほら。彼は？　彼は別なんじゃない？」

「彼？」

「前に電車で助けてくれた、隣のクラスの」

「ああ！　サッカー部のチャラ王子ね！」

悪気なくそう言ったミーナを、私は思わず睨んでしまった。

「高橋くんはチャラくない！」

拳を作って叫んだ私に、小鳥とミーナが目を丸くする。

い、いけない。声を張りすぎた。

「そ、その……見た目はたしかに派手だけど、中身は真面目っていうか。部活も熱心にがんばってるし」

「……痴漢から助けてくれたし？」

からかうように言うミーナを、小鳥が眉(まゆ)を下げながらたしなめる。

「知ってるよ。高橋くんはほかの男子とは違うって言ってたもんね」

「うん。高橋くんは下心とかなく、人に親切にできる人だと思う」

最近小鳥は引っ越しをしたから、同じ通学電車に乗ることはなくなったけど、前は同じ駅から乗って毎日満員電車に揺られていた。

すし詰め状態の車内で、私はいつも小鳥を守るようにドア付近に立っていたのだけれど、あるとき痴漢に遭(あ)ったのだ。

私みたいな大きな女を狙う痴漢なんてそういないから驚いた。

でもすぐに、私が邪魔をしているから標的を変えただけで、本当は小鳥を狙っていたことに気づき、さらに腹が立った。

今、ここで私が逃げたら今度は小鳥が痴漢の餌食になってしまう。

それだけは絶対にダメ！

でも、このままどうすればいいのかわからないし、気持ちが悪いしでパニックになり、さすがの私もフリーズしてしまっていたところを、助けてくれたのが高橋真純(ますみ)くんだった。

『おい、あんた！　なにしてるんだ！』

そう怒鳴って、混みあう電車の中で、私と痴漢男の間に入ってくれた。

私はその間、目をつむってただ震えていた。いつの間にか痴漢はいなくなっていて、気づいたときには高橋くんが労わるような目を向けながら、私を支えるように立っていてくれた。

『大丈夫？　もう痴漢はいなくなったよ』

そう言われて、どれほど安心したか。

痴漢は電車が駅で停車し、ホームに連れだされた直後、周りにいた人を突き飛ばして逃げたらしい。

『ごめん。痴漢のおっさん、逃がしちゃって』

気持ちが落ち着いてからそのことを聞いて、高橋くんに謝られたけど、私はお礼を言うのが精いっぱいだった。

高橋くんはなにも悪くない。

ほかの人が誰も気づかないなか、いや、もしかしたら気づいていても見て見ぬフリをしていたなか、高橋くんだけが助けてくれた。

高橋真純くんはあのときから、私と私の大事な小鳥の恩人になった。

男なんてみんなどうしようもない、と思っているのは変わらないけれど、彼だけは例外なのだ。

「あ、そっか！　私、高橋くんなら許す！」

「許すって、なにを？」

「小鳥の彼氏候補！　ほかの男子はダメだけど、高橋くんなら安心して小鳥を任せられるもん」

高橋くんは絶対に小鳥を傷つけたりしないだろう。

彼はほかの男子とは違う。誠実で、弱いものを守ってくれるような優しい人だ。

そう思って言ったんだけど、なぜか小鳥とミーナは顔を見合わせ苦笑する。

「なーんでそこで、小鳥の彼氏候補って話になっちゃうかなぁ」

ミーナの呟きに首を傾げる。

私、今なにかおかしなことを言ったかな？

「梓はどうなの？　高橋くんのことなら、そういう対象として見られるんじゃない？」

「ええ？　私が、高橋くんを？　あはは、ないない！」

「どうしてないの？　高橋くんは素敵な人だって、そう思ってるんでしょう？」

小鳥の不思議そうな問いかけに、私はますますおかしくなって笑った。

「だって私だよ？　私みたいな色気も可愛げもない女を彼女にするなんて、そんなの高橋くんが困っちゃうよ〜！」

そりゃあ高橋くんのような人だったら、彼女になった人はきっと幸せだろうなあとは思うけれど。

私がその彼女に、なんて……。ないないないない。絶対にない。そんなこと想像するだけでおこがましい。

正直にそう言うと、小鳥とミーナはふたりで顔を見合わせ、そろってため息をついたのだった。


昼休み、お財布を手に購買に向かっていた。

小鳥は図書委員会の集まり、ミーナは職員室に呼ばれていて、今は私ひとり。

飲み物でも買おうと購買の自販機の前に立っていると、突然後ろからドンと誰かにぶつかられ、お財布から小銭がこぼれ落ちてしまった。

そしてぶつかってきた男子は、気づかない様子で友人と笑いながら廊下を駆けていく。

「あー、もう。これだから男子って嫌なんだよ……」

子どもっぽくて、がさつで。

ぶつぶつ文句を言いながら小銭を拾っていると、目の前に誰かが立って、小銭を乗せた手をさしだしてくれた。

「あ……。どうもありがとう」

パッと顔を上げてお礼を言うと、そこには爽やかな笑顔が待っていた。茶色に染められた柔らかそうな髪がきらきらと光る。

「た、高橋くん！」

「こんにちは、佐倉さん。これ君のでしょ？」

「うん。拾ってくれてありがとう」

やっぱり高橋くんはほかの男子と違うなあ。

そう思っていると、横から大きな手が伸びてきてビックリした。

その手の平には、きらりと光る百円玉が。

「わ。あ、ありがとう……げっ」

高橋くんのほかにも拾ってくれる男子なんていたのか、と横を見て、変な声が出た。

だってそこに、会いたくない人が立っていたから。

「げ、とはなかなかいい挨拶だな」

「い、一ノ瀬（いちのせ）くん」

「この百円はいらないのか？」

「いるよ！　どうもありがとうございます！」

慌てて百円を取り返すと、バカにするように鼻で笑われた。

相変わらず感じ悪〜！

一ノ瀬千秋（ちあき）。

高橋くんと同じクラスで、親友のような間柄の男子だ。

ふたりとも背は高いけど、高橋くんと一ノ瀬くんじゃ印象が全然違う。

高橋くんは茶髪で、サッカー部の練習のせいか、よく日焼けをしている。少したれ気味の目は優しげで、いつも笑顔の好青年という雰囲気だ。

明るいムードメーカーで、男子にも女子にも人気があるサッカー部の王子様。

対して一ノ瀬くんは、少し癖（くせ）のある黒髪で、日焼け知らずの真っ白な肌。すっと筆で描いたような切れ長の目は冷たく見え、愛想がない。

頭がいいらしくクールで、女子には人気があるけどあまり相手にしていない様子。

どうしてこのふたりが仲良しなのか、本当にナゾだ。

「ええと、ふたりともありがとう。助かりました」

「いえいえ。女の子が困っていたら助けてあげるのは、男として当然でしょ。な、一ノ瀬」

同意を求められた一ノ瀬くんは、器用に片眉を上げて高橋くんを見た。

「男女に関係なく、困っている人がいれば助けるのが当然なんじゃね？」

「はは、たしかに！　でもやっぱり男としてはさ、女の子には特別優しくすべきだと、俺は思うわけよ」

「だからお前はタラシだのチャラ王子だの言われるんだ」

「否定はしない」

「そこは否定しろ、バカ」

目の前でそんなかけ合いをするふたりを、黙って交互に見つめる。

本当に仲良しだなあ。

一ノ瀬くんはあまり表情が変わらないクールな人だけど、高橋くんといるときはいつもちょっとだけ楽しそうに見える。

ふたりは中学が一緒だったらしく、通学電車も同じだ。

私が痴漢に遭ったとき、一ノ瀬くんもその場にいたらしいけれど、よく覚えていない。

助けてくれたのが高橋くんだったことも、あとからきちんと把握（はあく）したくらい、あの時私はパニックになっていたから。

それがきっかけで高橋くんと挨拶を交わすようになり、よく一緒にいる一ノ瀬くんとも自然と顔見知りになった。

高橋くんの親友だから、ということで会話はするけれど、正直あまり仲良くはしたくないと思っている。

高橋くん以外は、男子なんてみんなどうしようもない。

「佐倉さん、ひとり？」

「うん。ジュースでも買おうかなって」

「そうなんだ？　俺たちこれから中庭に行くんだけど、佐倉さんも一緒に行く？」

「え……！」

これってもしかして、高橋くんに誘ってもらってる？

喜んで！　と答えようとして、ハッとした。

違う、ふたりきりじゃない。一ノ瀬くんもいるんだ。

高橋くんはいいけど、一ノ瀬くんは……と迷っていると、その一ノ瀬くんが「おい」と不機嫌そうに声を挟んだ。

「高橋。なんでこいつを誘うんだよ」

じろりと睨まれ、負けじと睨み返す。

ですよねー。

一ノ瀬くんだって、私と中庭でお茶したい、なんてこと思ったりはしないだろう。

こっちだってごめんだし、と心の中で思い切りあっかんべーをした。

「いいじゃん。人数多いほうが楽しいだろ？」

「俺は少ないほうが落ち着くね」

「また一ノ瀬はそういうこと言う。そんなんだから、冷血漢（れいけつかん）とか鬼畜（きちく）なんて言われるんだよ」

「おい待て。俺はそんなこと言われた覚えはねぇぞ」

「本人に面と向かってそんな悪口言うわけないじゃん」

軽い言い合いを始めるふたりに、やっぱり教室に戻ると断ろうとしたとき、彼らの後ろから「見つけた〜！」と高い声が響いてきた。

次の瞬間、ドンと一ノ瀬くんに体当たりするように抱きついたのは、同じ顔をしたふたりの女の子。

同級生で双子の、森(もり)姉妹だ。

ふたりともバチッとメイクで強調した大きな目をしていて、巻き髪を右にまとめているのがお姉さんの森美鈴(みすず)さん。左にまとめているのが妹の森五鈴(いすず)さんだったはず。

本当にそっくりなので、髪型以外では私には見分けがつかない。

たしか姉の美鈴さんは、高橋くんや一ノ瀬くんと同じ隣のクラスだったはずだ。

「も〜。千秋ってば勝手にいなくなんないでよ。探したじゃ〜ん」

「どっか行くならうちらに声かけてからにしてよね〜」

一ノ瀬くんは左右それぞれの腕にしがみついてくる森姉妹に、深々とため息をつく。

「お前ら邪魔。離れろ、森」

「ひどい千秋！　森ってひとまとめにしないでって言ってるのに〜！」

「ちゃんと五鈴と美鈴って呼んでくんなきゃ離れないんだから～！」

一ノ瀬くんに睨まれても、森姉妹はどこ吹く風で順番に文句を口にしている。

仲がいいんだなあ。

高橋くんでさえ、一ノ瀬くんのことを苗字で呼んでいるのに、森姉妹は千秋と下の名前で呼んでいる。

もしかして一ノ瀬くん、姉妹のどちらかと付き合っているのかな。

森姉妹の好みがわからない。こんな愛想のない男のどこがいいんだろう。

高橋くんのほうが絶対優しくていい人なのに。

じっと彼らの様子を見ていると、一ノ瀬くんと目が合った。

おモテになって、羨ましいですわ～。という顔をしてやると、彼はますます不機嫌そうに眉を寄せ、双子を勢いよく振り払った。

「ああ、くそ、鬱陶しい！　お前らいつもいつもなんなんだ！　ひっつくな！」

「千秋が怒った～」

「まんざらでもないくせに～」

「うるせぇ！　俺はもう行く。ついてくんな！」

森姉妹に冷たく言いはなつと、一ノ瀬くんは私をひと睨みしてから、ひとりさっさとその場を立ち去った。

ほーんと、感じの悪い男だ。

高橋くんとは大違い。

「ついてくるな、だって〜」

「ついてきてって言ってるようにしか聞こえないし〜」

一ノ瀬くんの冷たい態度にちっともめげた様子のない森姉妹は、仲良く彼を追いかけていく。私の存在は最後までまるっと無視された。

自販機の前に残された私と高橋くんは、顔を見合わせ同時に苦笑いを浮かべた
「なんかごめんね？　誘っておいて」

「ううん。断るつもりだったし、気にしないで」

「断るつもりだったんだ？」

おかしそうに言われて、慌てて首を振る。

「あっ。ご、ごめんなさい。嫌だったとかじゃなくて。一ノ瀬くんは私がいないほうがいいんじゃないかなーと思っただけで」

いや、ほんとはちょっと嫌だなーとは思ったけど。ほんのちょっとだけ。

私の言葉に、高橋くんは不思議そうに首を傾げた。

「なんで？　あいつは嫌だったら嫌って言うよ。言わなかったってことは、嫌じゃないってこと」

「ええっ？　そ、そうかなぁ」

「佐倉さん、一ノ瀬のこと誤解してるんじゃないかな。あいつ冷たく見えるかもしれないけど、実はすごく優しい奴なんだよ？」

「うーん。……ちょっと納得いかないけど、高橋くんが言うなら、きっとそうなんだね」

たしかにさっきは小銭を拾ってくれたし、悪い人ではないのかもしれない。

でも、私は高橋くんのほうが何倍も優しい人だと思う。

愛想はまるでないし、感じは悪いけど。すごく悪いけど。

だってあなたは、唯一私を、私と小鳥を助けてくれた恩人だから。

ほかの人とは違う、特別な人だから。

「じゃあ俺も行くね。また今度、一緒しようよ」

「うん、ぜひ！」

できれば一ノ瀬くんはいないときだと嬉しいです。

心の中でそうつけ加える私に、高橋くんはひらひらと手を振って一ノ瀬くんたちのあとを追っていった。

ああ、なんて爽やか。きらりと光る白い歯が、よりいっそう彼の魅力を引き立てている。

まぶしい笑顔を振りまいて去っていく高橋くんを見送り、私は拾ってもらった小銭を大事に財布にしまった。

家のダイニングテーブルで夕食後のお茶を飲みながら、目の前に座るお母さんの顔をまじまじと見た。

「……えーと、お父さんが海外赴任するのはわかったけど」

「心配しないで？　海外赴任って言っても一カ月くらいのことだから」

私が去年誕生日にプレゼントした、お手製のフリフリエプロンを着たお母さんが、少女のように微笑んで言った。

お母さんの隣に座ったお父さんは、しかめっ面で黙々と新聞を読んでいる。

別に怒っているとかじゃなく、この顔はお父さんのデフォなのだ。

「いや、心配してるわけじゃなくて。どうしてそれで、私が家を出ることになるの？」

「だってぇ。梓ちゃん、ひとりになっちゃうじゃない」

「えっ？　ってことは、お母さんもお父さんについてっちゃうの？」

驚く私に、お母さんは「もちろんよ」とほがらかに笑った。

「お父さんをひとりにできるわけないことくらい、梓ちゃんにもわかるでしょ？」

「ああ……そっか。そうだよね」

お父さんが小さく咳払いをする。

多少気まずさの現れた咳払いだった。

お父さんは娘の私も呆れるほど、生活能力がない。

料理をはじめとした家事はなにもできないし、自分の服がどこにあるのかさえたぶん正確に把握していない。

お米のとぎ方だって知らないし、掃除機の使い方もわかっていないらしい。

ご飯は用意されてなければ食べなくていいと判断するし、朝はお母さんに起こしてもらわないと目覚まし時計の音じゃ起きられない、とにかくダメダメな大人なのだ。

会社ではけっこう重要な役職についているらしいけれど、家ではなにもできない子どもと一緒。

そんな人をひとりで海外にやるなんて、たしかに私も心配になる。

お母さんは絶対に、お父さんについていくべきだ。

そうしないと、海外で倒れ、入院、そのまま帰らぬ人に……なんてことになりかねない。

冗談でもなんでもなく、本気でそう思う。

「でもじゃあ……私は？」

「梓ちゃんは学校があるでしょう？　だからね、梓ちゃんを一カ月預かってもらえるようお願いしたの」

「お願いしたって、誰に？」

「私のお友だちによ。そしたら快く引き受けてくれて、楽しみだってウキウキしてたわ」

「ええっ？　もう頼んでOKもらってるんだ？」

のんびり屋のお母さんにしては行動が早くてビックリした。

「だって週明けには日本を発たなきゃいけないんだもの。急がないと」

「それはいくらなんでも急すぎない……？」

心の準備がまるでできないまま、両親を見送って人様のお家に厄介にならなくちゃいけないなんて。

私の不安をよそに、お母さんはご機嫌で「大丈夫よう」と笑う。

その手元には、南の島のガイドブック。

今回の赴任先がリゾート地だったから、もう観光気分なんだろう。

娘の私の心配より、南の島でなにをするかに頭をもっていかれているんじゃないかと疑ってしまう。

「ほら、うちにも来たことがあるじゃない。京子ちゃん、わかる？」

「……ああ！　料理教室で仲良くなったっていう、あの綺麗な人？」

「そうそう！　京子ちゃんちも旦那さんが単身赴任してるんですって。部屋や寝具はあるから、着替えや勉強道具だけ持ってきてくれればいいって言ってたわ」

「それはありがたいけど……。さすがに一カ月も迷惑なんじゃ？」

「京子ちゃんは楽しみって言ってるから大丈夫よう」

前に一度、うちに来たことがある京子さんを思い浮かべる。

はっきりと顔は覚えていないけど、私よりすらりと背が高くて、クールな印象の美人だった。

お母さんと同い年のはずだけど、京子さんのほうがずっと落ち着いている大人の女性って感じで。

いや、うちのお母さんだっていい大人なんだけど、落ち着きがないというか、どうにも若く見えすぎるんだよね。

フリフリエプロンも、お母さんのリクエストだったし……。

「週末ご挨拶に行くから、梓ちゃんもその日は空けておいてね」

「わかった……。うう、緊張するなあ」

「京子ちゃんさっぱりした人だから大丈夫だってば。梓ちゃんを連れてお買い物したい、なんて言ってたわよ。ずっと娘がいたらいいなって思ってたんですって。京子ちゃんのとこは、息子さんしかいないから」

「そうなんだ。……うん？」

なんだって？　いま聞き捨てならないことを言われた気がするんだけど。

「可愛いお洋服を着せて、一緒にお料理したりするのが夢だったんですって」

「ま、待ってお母さん。今、なんて言ったの？」

「一緒にお料理したり？」

「もっと前！」

お母さんは小首を傾げ、頬に手を当て考える。

お父さんは新聞に目を落としたままだんまりだ。

「京子ちゃんのとこは、息子さんしかいないから？」

「そ、それ！　京子さん、子どもがいるの？　しかも男の子？」

私の慌てっぷりに、お母さんはきょとんとしている。

ひどい。私が男の人が苦手って知っているはずなのに。

男なんて、学校だけじゃなく家でもきっと、うるさいし汚いし乱暴に決まってる。

電車で痴漢に遭ったし、帰り道にあとをつけられているように感じて気味の悪い思いをしたこともある。

まあ振り返っても誰もいなかったから、気のせいだったんだけど。

とにかく男にいい思い出なんてないし、一緒に暮らすなんてムリ！

ぜっっったいにムリ！

私がそう言うと、お母さんは「だからじゃなあい」と頬をふくらませた。

「年頃の娘をひとりにするなんて危ないから、京子ちゃんに預かってもらえるようお願いしたのよ」

「でも私――」

「京子ちゃんの子が、おかしなことするはずないでしょ？　それにまだ小学生だし。女の子よりは元気いっぱいかもしれないけど、京子ちゃんがしっかり屋さんだから大丈夫よ。ちゃんとマナーの守れる子だと思うわ」

「……うん」

「どうしても嫌って言うなら、梓ちゃんもお母さんたちと一緒に来る？」

困った子ねぇ、という調子で言われ、それまでうつむいていた私は顔を上げた。

それがいい！　男の子と同居するより、海外に行くほうがずっと。

できることなら人様の家に住むよりそのほうが絶対いいと思ったんだけど――。

「でも学校はお休みしなくちゃいけなくなるのよ？」

お母さんの言葉にがくりとうなだれる。

やっぱり。そうなるよね……。

さすがに一カ月も学校を休んでしまったら、勉強が追いつかなくなる。

それに。小鳥のそばに一カ月もいられないなんて、あの子が無事でいるか不安で不安で、きっと夜も眠れなくなっちゃう。

でもそれと男の子と同居するのとじゃ、話が別というかなんというか。

「梓」

迷う私に、それまでだんまりを決め込んでいたお父さんが声をかけてきた。

広げていた新聞をバサッと閉じ、丁寧に畳んでテーブルに置くお父さんに、私も居住まいを正す。

生活能力ゼロのダメダメなお父さんだけど、こういうときは威厳のある姿を一時取りもどすのだ。

それによく喋るお母さんの言葉よりも、無口なお父さんの一言は、ものすごく重みがある。

少し緊張しながらお父さんの言葉を待った。

「人の家で暮らすのがどうしても嫌なら、断ってもいい」

「お父さん……」

「梓が決めなさい」

こうやってなにか大事な選択をしなくちゃいけないとき、お父さんは私の意思を尊重してくれる。

小学生の頃、小鳥を守って男子とバトルになり呼びだされたときも、中学生の頃、受験勉強がうまくいかずにいたときもそう。

私のことを信じて、私がどうしたいのか自分で答えを出すのを待ってくれた。

急かすことなく、私の気持ちを一番に考え、大事にしてくれていた。

生活面ではちょっと頼りないお父さんだけど、そういうところが私は大好きだ。信じてくれるお父さんの期待に応えたい。

両親の視線を受けて、考えること十数秒。

私は大きく深呼吸をして、座ったまま頭を下げた。

「わかった！　京子さんの家で、お世話になります！」

私がしっかり答えると、お父さんはひとつうなずき、また新聞を広げだす。

張り詰めていたような空気がそれでゆるみ、お母さんは「京子ちゃんに連絡しなきゃ」と席を立った。

ああ……言ってしまった。

やっぱりやめる！とお母さんを止めたい気持ちになったけど、そこは言い切った手前、我慢した。

でも決めたことで、不安はどんどん私の中でふくらんでいく。

大丈夫かな、本当に。

来月は期末テストもあるのに、男の子と生活をともにして勉強に集中できるだろうか。

どうか高橋くんみたいに優しい男の子でありますように。

そう祈るしかなかった。

〝苦手〟の克服

朝陽の射し込む教室で、ひとり自分の席でうなだれていると、ポンと肩を叩かれた。

「おっはよー、アズにゃん。どしたの暗い顔して」

「おはよう梓。具合でも悪いの？」

登校してきた小鳥とミーナが、私を見て心配そうな顔をする。

昨日あまり眠れなくて、今朝、鏡で見た自分の顔にはうっすらと隈ができていたから。

この不安をこれ以上ため込んでおくことができなくて、気づけばぽつぽつとふたりに事情を話していた。

「お父さんの海外赴任で、お母さんも一緒に約一カ月、日本を離れることになったんだよね……」

「えっ!? じゃあアズにゃん、海外行っちゃうの!?」

「ううん。両親がいない間は、お母さんの知り合いの家にお世話になることになったんだけど」

「よかった。一カ月も梓に会えなくなるのかと思っちゃった」

ほっとした様子で微笑む小鳥に、悩み疲れた心が癒される。

私の親友は本物の妖精さんかもしれない。

キラキラ輝く癒しの鱗粉（りんぷん）が私には見える。見えるよ。

「でもね、そのお家には男の子がいるんだよね。まだ小学生なんだけどさ。うまくやっていけるか不安で不安で」

お世話になる身だから失礼なことはできないし、どうしよう。うまくいかなかったとしても、両親は海外なので頼れない。逃げ場がないのだ。

私の弱音に、小鳥とミーナは顔を見合わせた。

「……アズにゃん。それってチャンスじゃない？」

「はあ？　チャンスって……一体なんの？」

「男嫌いを克服するチャンスに決まってるじゃん！」

力のこもったミーナの言葉に、一瞬思考が停止した。

男嫌いを克服……？

「い、いや……いやいやいや。どうしてそうなるの？」

「だって相手は小学生なんでしょ？　そのくらいの子なら、そんなに男くさくはなってないだろうし。」

「えー？　そうかなぁ……」

でもまだ小学生っていったって、男は男だし。

「私もそう思う。好き、とまではいかなくても、男の人に慣れることはできるかもしれないじゃない？」

「小鳥……」

「でも、どうしてもムリだと思うなら言って？　うちに一カ月泊まれるように、親に交渉してみるから」

小鳥の言葉に驚いて、まじまじと小鳥の愛らしい小さな顔を見つめる。

いったいこの子はどこまで心優しいんだろう。

妖精なうえに聖女？　聖女なの？

「ほーんと小鳥はアズにゃんに甘いんだからなぁ」

「そんなこと言って、ミーナもご両親にお願いするつもりでしょう？」

小鳥に笑われ、ミーナは「まあね」と軽く肩をすくめた。

「そこの男の子がどうしようもない悪ガキだったらアズにゃんがかわいそうだしね」

私……いい友だちに恵まれたなあ。

なんて幸せ者なんだろう。

やっぱり彼氏なんてできなくても、女友だちがいれば、充分満ち足りるけどなあ。

でもそれじゃあダメだってふたりは言う。

ふたりとも今は彼氏いないんだし、私はそもそもそんな存在必要ないし、このままでもいいのに。

「だから梓、本当にムリはしなくていいからね」

「そうだね。きつかったら遠慮なく言いなよ。私たちはアズにゃんの味方だからさ」

「ふたりとも……ありがとう」

落ち着こう。

まだ京子さんの息子さんには会ってもいないんだから。

挨拶にいって、京子さんの息子さんと直接会って、どうしても……どうしてもムリだったら、その時は小鳥とミーナにお願いしよう。

もう高校二年生なんだし、嫌だからって逃げてちゃダメだよね。

そう思いはするものの、沈む気持ちを浮上させるのは難しかった。

ちょっとひとりになりたいと、小鳥とミーナに言って教室を出た。

廊下を歩いていると、どの教室からもお弁当の匂いが漂ってくる。

購買に向かうため階段を下りながら、昨日のことを思い出した。

高橋くんに、今度一緒しようって言ってもらえたこと、ちょっと嬉しかったなあ。

その〝今度〟はいつ訪れるだろう。

ぜひ機会があったらいいんだけどなあと思ったとき、背中にドンと強い衝撃があってよろめいた。

あれ、デジャヴ？

昨日も同じようなことがなかったっけ？

前のめりで倒れていく私の手から、財布がこぼれ落ちる。

その瞬間、財布を掴む大きな手が現れて、同時に強い力で腕を引っ張られた。

「おい、ぶつかったぞ。気をつけろ」

抑揚のない低い声に、ギクリとする。

まさか、この声って……。

恐る恐る振り返れば、思ったとおり一ノ瀬くんがすぐそばにいて、私の財布と腕を掴んでいた。

一ノ瀬くんは私に「気をつけろ」と言ったわけじゃなく、私にぶつかってきた男子に言ったらしい。

一ノ瀬くんに睨まれたその男子は「悪かったよ」と少し不満そうに言って、逃げるように去っていった。

全然〝悪かった〟と思っていない態度だった。

これだから男子って、と言いそうになったけど、助けてくれた一ノ瀬くんの手前、言葉をぐっと飲み込んだ。

「あの。ありがとう、一ノ瀬くん」

まさか一ノ瀬くんに助けられるとは。

昨日は小銭を拾ってくれたし、やっぱり高橋くんの言うとおり、優しい人だったりするのかな。

一ノ瀬くんはじっと私を見下ろし、財布を返してくれた。

「別に。ボケッとしてるから何度もぶつかられるんじゃね？　周り見て歩けよな」

「は……はあ～⁉」

あーもう、これだもん！

前言撤回！　全然優しい人じゃない！

一瞬でも見直してしまった自分が恥ずかしい。最初からこの人はこういう男だったのに。私のバカ。

無言で睨みあっていると、高橋くんが現れて「どうしたのふたりとも」とたれ気味の目を丸くした。

いけない、いけない。恩人の前でみっともないところを見せるところだった。

「なんでもないの。転びそうになったところを、一ノ瀬くんが助けてくれて」

「へえ。やるなあ一ノ瀬」

「なにが。ニヤニヤすんな」

「怒るなよ。佐倉さんは大丈夫だった？　ケガとかしてない？」

「私は全然、大丈夫！　ええと……一ノ瀬くん、本当にありがとう」

高橋くんに顔をのぞき込まれ、慌てて首を振る。

「礼はいいから、お前もう少し注意したらどうだ」

「へ？　注意……？」

一ノ瀬くんは大真面目な顔をして、私をじっと見下ろしてくる。

「なんつーか、周りが見えてないって感じ」

「なに言ってるの？　ちゃんと見てるよ。むしろ人より気にして見てるくらいなんだから」

愛する小鳥を守るために、周囲にはかなり気を配っているほうだ。

その辺は自信を持って言える。

「だったらどうして、すぐ人にぶつかったり、痴漢に遭ったりするんだよ」

「そ、それは……！」

痛いところをつかれ、反論できなかった。

言われてみればそうだ。

周りが見えてるつもりで、実は全然見えてなかったってこと……？

なんだか急に自信がなくなってきた私に、一ノ瀬くんがさらに呆れた目を向けてくる。

「お前、いつも一緒にいる奴のことばっかり気にして、自分のことは二の次になってんだよ」

「それって、小鳥のこと？」

「名前なんか知らねぇけど。他人を気にする余裕があるなら、もっと自分のこと大事にすれば？」

だーかーらー！　言い方！

どうしてこう、いちいち感じの悪い言い方しかできないかな！

「私は小鳥が無事ならそれでいいの！」

「自分の身を守れるようになってから言え」

「まあまあ。一ノ瀬もそんな言い方しなくてもいいだろ？　素直に、佐倉さんが心配だから気をつけてって言えばいいのに」

高橋くんが私たちの間に入って、そんなことを言うから驚いた。

一ノ瀬くんが私のことを心配してる？　そんなバカな。

「誰がそんなこと言ったんだよ」

「そういうことだろ？」

「違う。全然違う」

そりゃあ違うでしょうよ。一ノ瀬くんは私のことが気に入らないだけだもんね。

なんだかどっと疲れが押しよせて、ため息をつく。

じゃれあうふたりの様子をぼんやり眺めていると、一ノ瀬くんが私を見て眉を寄せた。

「おい。どうしたお前」

「え？　私……？」

「うん？　あれ、佐倉さん具合でも悪いの？　そういえば顔色がよくないね」

高橋くんに顔をのぞき込まれ、慌ててなんでもないと首を振る。

「あー、ううん。ただの寝不足で」

「ふうん。……よし。ちょっと場所移動しようか」

「え？　移動ってどこへ……」

いいからいいからと高橋くんに背中を押され、歩きだす。

背中に置かれた手を意識しちゃって「ジュースを買いにきたんだけど」とは言えなくなった。

今日も買えなくなりそうだけど、まあいいか。

一ノ瀬くんも黙ってついていくと、あまり人のいない中庭にたどり着いた。

ベンチに座ろうとうながされ、高橋くんが右隣に、一ノ瀬くんが左隣りに座り、私はふたりに挟まれる形になった。

なぜ……ここは高橋くんが真ん中になるところでは。

「はい。じゃあ話を聞こうか」

「ええ？　話って、私の……？」

「具合が悪くなるくらい寝不足だなんて、悩みでもあるのかなって。違った？」

「具合が悪いわけじゃないんだけど……」

「悩みはあるのか」

一ノ瀬くんに続きを言われ、戸惑いながらうなずく。

事情を話すつもりはなかったんだけど、高橋くんの穏やかな笑顔を見てふと思った。

この人に聞いたらいいんじゃないかな。

高橋くんは壁がなくて、誰とでもすぐに仲良くなれる人だ。私みたいな男嫌いの心だって開かせてしまう、優しい人。

コミュニケーション能力の高い彼に聞けば、なにか参考になるかもしれない。

「あの、ちょっと質問してもいい？」

「質問？　いいよ？」

「苦手な人と、どーしても一緒に過ごさなきゃいけなくなったとしたら……。高橋くんならどうする？」

唐突な私の問いかけに、ふたりは顔を見合わせた。

いきなりこんなこと聞かれても、きっとピンとこないよね。

申し訳なく思っていると、悩むそぶりを見せてから高橋くんが答えてくれた。

「そうだなぁ。俺なら、適度な距離を保つ、かな」

「適度な距離……」

「自分が苦手なら、相手も自分を苦手かもしれないから。お互いが嫌な気分にならないようにできればいいかなって」

自分が苦手なら、相手も自分を苦手かもしれない。

たしかにそのとおりだ。

だったらお互いが心地よくいられる距離を探って、保てばいい。

なるほどなあと思いながら、だから私は高橋くんは怖くないのかもしれないと気づいた。

痴漢から助けてくれたことだけじゃなく、こうして言葉を交わすようになっても、彼は馴れ馴れしくするんじゃなく、適度な距離を保ってくれるから。

「ちなみに一ノ瀬は？」

高橋くんは私を挟んで反対側の一ノ瀬くんに話を振った。

一ノ瀬くんは相変わらず不機嫌そうな顔をしたまま、なんでもないことのようにこう答えた。

「がんばって相手のいいところを探す」

一瞬、辺りがしんと静まり返ったような気がした。

その意外すぎる答えに驚くと同時に、目から鱗(うろこ)がぽろりと落ちた。

『相手のいいところを探す』

そんなこと、考えもしなかった。

自分をどうにかしなくちゃいけないって、そればかりで。

私がぽかんとしていると、高橋くんがクスリと笑った。

「ね？　一ノ瀬って優しい奴でしょ？」

高橋くんが笑いながら嬉しそうに言うので、私はうなずくしかなかった。

本当だった。

一ノ瀬くんて、実はすごく優しいのかもしれない。

だってそうじゃなきゃ、こんな答えは出てこないもん。

「おい。お前はなに気持ち悪いことを言ってんだよ」

「大事なことだよ。一ノ瀬って愛想がないから誤解されがちだけど、俺なんかより
ずっと優しいじゃん」
「はあ？　んなわけねーだろ。バカじゃねぇの」
嫌そうに言って、長い足を組みかえる一ノ瀬くん。
一気に機嫌が急降下したように感じた。
「あの、高橋くんも優しいよ？」
「いやいや。どっちかっていうと俺は冷たいんだよ。苦手なら苦手なままでいいって
スタンスだからね」
だから一ノ瀬みたいな奴が、本当に優しいってことなんだよ。
誇らしそうにそう言う高橋くんも、やっぱり優しい人なんだと思うのは、私だけだ
ろうか。
ちらりと横目で一ノ瀬くんを見ると、ムスッとした顔で花壇の紫陽花(あじさい)に目を向けて
いる。
「苦手の内容にもよるだろうけど、ぜひ佐倉さんには一ノ瀬の意見を参考にしてほし
いな」
「……そうだね」
「人って嫌なところもあれば、いいところもあるのが当たり前だから」

「でしょ？　みんなそうじゃん。欠点がない人間なんていないし、欠点だらけでもいいところがひとつもないってことはないんじゃないかな。そうなんだろ、一ノ瀬？」

「うん。私もそう思う」

「うるさい。俺に振るな」

仲良しなふたりのやりとりをすぐそばで聞きながら、本当にそのとおりだなあと反省した。

男の人というだけで、私の心と身体は拒否反応を示す。

男の人といってもいろんな人がいて、痴漢とかからかいとか嫌なことをする人もいれば、高橋くんのように助けてくれる男の人もいる。

頭では理解していたつもりだったけど、きちんとわかってはいなかったみたい。

男の人相手でも、いいところを探して集めていけば、この拒絶反応は消えるかもしれない。いいところをたくさん見つけられれば、相手を受け入れられて、好きになれるかもしれない。

男っていうだけで嫌わないで、相手をちゃんと見よう。

そしていいところを見つける努力をしよう。

それができればきっと、苦手な男の子との生活もうまくいく気がした。

「あの、ありがとう、ふたりとも！　とっても参考になったよ！」

「そう？　それならよかった。な、一ノ瀬」

「だから俺に振るなって」

嫌そうな一ノ瀬くんに笑う高橋くん。

ふたりの意見が聞けてよかった。

すごく大切なことを教えてもらったと思う。

「佐倉さん。ムリはしないでね」

「うん。でも、がんばってみる！」

感じの悪い嫌な奴、と思っていた一ノ瀬くんのいいところを、すでにひとつ見つけられたんだ。

きっとできる。大丈夫。

いつもは睨んでばかりいた一ノ瀬くんの顔を、初めてしっかりと見つめることができた。

まあ、じっと見ていたら、結局睨まれたので、睨み返してしまったんだけど。

家から車を二十分ほど走らせた閑静な住宅街の中に、京子さんのお宅はあった。

ネイビーの金属板と、木材が組みあわされたおしゃれな外観の二階建てのお家だ。

低い柵の向こう側に、綺麗に手入れされた芝生の庭がある。

いいなあ、お庭。

うちはマンションだから、昔から庭が憧(あこが)れだったんだよね。

広い屋根づきの駐車スペースがあり、白のセダンが一台停まっている。

その横にもう一台停められるスペースがあり、運転が得意じゃないお母さんは四苦八苦しながらバックで車を停めた。

「じゃ、行きましょうか」

そう。今日はこれから、京子さんと息子さんに挨拶をしなくちゃいけない。

とうとうこの日が来てしまった。

覚悟したつもりだったけど、全然ダメ。

「ああ〜緊張する！」

「やあだ。梓ちゃんたらまだ言ってるの？」

お母さんに呆れられながら車を降りる。

すぐ目の前の、広い庇(ひさし)の色とりどりの花の寄せ植えが置かれた玄関に見惚れた。木製のドアには爽やかな緑のリースが飾られている。

おしゃれだなあと感心しているとドアが開かれ、中からスラリとした長身の女性が出てきた。

京子さんだ。

長くまっすぐな黒髪を後ろでひとつにまとめ、細身のデニムに白いブラウスというシンプルな服装の京子さんは、まるでモデルのように姿勢よく歩いてきた。

「いらっしゃい。待ってたよ」

「京子ちゃん！　来ちゃった～！」

まるで初めて彼氏の家に遊びにきたかのようにはしゃぐお母さんに、今度は私が呆れる番だ。本当にいくつになっても少女みたいなんだから。

そんなお母さんを腕にまとわりつかせながら、京子さんが私を見た。

キリリと涼しげな目元にドキドキしながら、なんだか誰かに似ている気がして首を傾げる。

誰に似てるんだろう……？

「梓ちゃんもいらっしゃい。相変わらず可愛いね」

「え、ええ？　そんなとんでもない！　こんにちは。お邪魔します」

「ふふ。ふたりとも入って。今日はゆっくりしていけるの？」

「渡航の準備は終わってるから、大丈夫よ～！」

先に玄関に向かうふたりの背中に、小さく息を吐く。

京子さんて、本当に迫力のある美人だ。背が高くてかっこいいし、学生のときはきっと男女関係なくモテただろうなあ。

でもクールな顔立ちが、やっぱりなんとなく誰かに似ているような……？

そんなことを考えながらふたりのあとを追うと、中からひょこっと小さな子が顔をのぞかせた。

「春陽(はるひ)」

「あら、可愛い。この子が息子さんね？」

「そう。小さいけど、こう見えて小学六年生なの。春陽、ご挨拶は？」

春陽くんは小さな声で「こんにちは」とお母さんに頭を下げると、次にこぼれそうに大きな目を私に向けてきた。

くりくりとした目は髪と同じ柔らかな栗色をしていて、丸みのあるほっぺはバラ色。

小学六年生にはとても見えない。華奢(きゃしゃ)で小柄で、男の子だとわかっていても、女の子に見えてしまう。

小鳥が妖精なら、春陽くんは天使だ。

私はひと目で虜(とりこ)になってしまった。

春陽くんは小走りで私の元に駆けてくると、大きな目をキラキラ輝かせはにかんだ。

「梓、おねえちゃん……？」

お、おねえちゃん……！

その呼び名の衝撃をなんと表現したらいいだろう。

まるで雷の矢で心臓を撃ちぬかれたくらいの、とんでもない破壊力が〝おねえちゃん〟にはあった。

「そ……そう！　梓おねえちゃんです！」

「僕は一ノ瀬春陽です！　梓おねえちゃん、来週からうちに一緒に住むんだよね？」

「そうなの！　一緒に住んでもいいかな……？」

私がかがんで春陽くんをうかがうと、彼は満面の笑みを浮かべ飛びついてきた。

「やった！　僕ずっとおねえちゃんが欲しかったんだ！　嬉しい！」

はー！　天使！

正真正銘（しょうしんしょうめい）の天使がここにいる！　天使はこの世に実在していた！

「わ……私も！　嬉しいよ！」

私にこんな可愛らしい弟がいたら、男嫌いになんてならなかったかもしれない。

本気でそう思うくらい、春陽くんに対しては恐怖心や嫌悪感はちっともわいてこなかった。

そのことにほっとしながら、お日さまの匂いのする細い身体を抱きしめ返す。

全然大丈夫そう！　春陽くんとなら絶対一カ月楽しく過ごせる！

お母さんも安心したように笑って私たちを見守っている。

目が合って、私は満面の笑みで返した。

「我が子ながら、よくやるわ……」

若干呆れたような声で京子さんが呟いたけれど、どういう意味かはわからなかった。

それよりも、目の前の春陽くんの天使の微笑みに夢中だったから。

「梓おねえちゃん！　僕が家の中を案内してあげる！」

「ほんと？　嬉しいな。ありがとう、春陽くん」

ニコニコ笑う春陽くんの小さな頭を、ついつい撫でまわしてしまう。

もう、なにこの可愛い生き物。

小鳥以外の誰かにこんな気持ちになるなんて、想像もしていなかった。

「可愛い息子さんねぇ。うちにもこんな息子がいたらなあ」

「息子なんて、そんなにいいもんじゃないわよ。うるさいし、すぐ散らかすし、大きくなると冷たいし」

「お母さん！　梓おねえちゃんの前で変なこと言わないでよ！」

「ほらね？」

「もう！　やめてってば～っ」

顔を真っ赤にしてプリプリ怒る様子もまた、破壊力抜群の愛らしさ。

私は顔が溶けてしまうんじゃないかというくらい、デレデレだ。男の子をこんなに可愛いと思ったことなんて今までなかったよ。

「よかったわねぇ、梓ちゃん。こんなに可愛い男の子となら、うまくやっていけるんじゃなあい？」

「うん！　男の子がいるって聞いて不安だったけど、春陽くんなら全然大丈夫！　むしろ楽しみ」

よかったよかった、とお母さんと笑顔を交わしていると、京子さんと春陽くんが不思議そうに首を傾げた。

「もしかして、梓ちゃんは男の子が苦手なの？」

「あ……はい。すみません。実はそうなんです。男の人がキラ……ちょっと、怖くて」

「僕、怖くないよ！」

危ない。嫌いとストレートに言ってしまうところだった。

「うん。だから春陽くんは大丈夫。春陽くんでよかった」

春陽くんの小さな頭を撫でると、嬉しそうな顔をされ、私も嬉しくなる。

ああ、一家にひとり春陽くんが欲しい。

本当の弟になってくれないかなあ。

「怖いって、どういう？」

「梓ちゃん、あんまり男の子にいい思い出がないみたいでね。男なんて嫌い！ってよく言ってたのよう。それに痴漢に遭ったり、道であとをつけられたりしてるみたいで」

お母さんの言葉に、京子さんは眉を寄せ怖い顔をした。

「それって現在進行形で危ない目に遭ってるってこと？」

「そうねぇ。どうしてか、そういう目に遭いやすいみたい」

「お母さん。あとをつけられたのは気のせいかもしれないって言ったじゃん」

「気のせいじゃないかもしれないでしょ？」

「そうね。気のせいじゃなかったら、梓ちゃんをひとり残していくのは心配だわ」

ふたりの会話を聞きながら「どうしてか」の答えをくれた人のことを思い出した。

私は周りが見えていないと言った一ノ瀬くん。

自分よりも小鳥の安全を優先することは、間違っているんだろうか。

でもなあ。どう考えても、私より小鳥のほうがか弱いし、男に狙われやすいんだから、守るのは当然だと思うんだよね。

私が考え込んでいると、怖がっていると思ったのか、春陽くんがぎゅうっと首に抱きついてきた。

「大丈夫だよ、梓おねえちゃん！　僕が守ってあげる」

「春陽くん……ありがとう」

やっぱり春陽くんは天使だ。

性別を超越した愛らしさに、私のささくれだった心はみるみる癒されていく。

「なるほどね。でも、ちょっとまずいわね……」

神妙な顔で、京子さんは腕を組んだ。

「あら、京子ちゃん。まずいってなにが？」

「春陽はともかく、うちにはもうひとりいるから」

「もうひとり？　あ、男の人？　でも旦那さんは単身赴任って言ってなかった？」

「そうなんだけど……。もうひとりっていうのは、息子のこと」

京子さんに気遣うような目を向けられ、嫌な予感がした。

「うちには高校生の長男もいるの」

京子さんのその言葉に、私は春陽くんに抱きしめられながら固まってしまった。

お母さんも「あらまあ」と驚いたように手で口元を隠した。

息子って……春陽くんだけじゃなかったの？

長男て……高校生って……もうしっかり〝男の人〟ってことだよね？

ザッと身体中の血が下に降りていく音がした。

「梓おねえちゃん……？」

天使な春陽くんにそっと手を引かれても、反応できずにいたとき、背後から「わん！」と犬の鳴き声が響き、ハッと金縛りがとけたように振り返った。

ちょうど真っ白な小型犬が、元気よくこちらに駆けてくるところだった。

その赤いリードの先には、長身の男の人が。

「え……」

男の人と目が合う。

切れ長の瞳が私を映し、大きく見開かれた。

「佐倉……？」

「い、一ノ瀬くんっ⁉」

なんでここに一ノ瀬くんが……。

待って。そういえばさっき、春陽くん、なんて言っていたっけ。

最初に自己紹介をしたとき、彼は、無邪気な笑顔でこう言わなかった？

『一ノ瀬春陽です』

そう言ったんじゃなかった？

「お、お母さん！」

「なあに、梓ちゃん」

「京子さんの苗字ってまさか……」

「あら？　言ってなかったかしら？　一ノ瀬さん。一ノ瀬京子さんよ」

涼しげで素敵な名前よねえ、なんてお母さんはのほほんと笑う。

ついでに「息子さんも涼しげなイケメンね」なんて言っているけれど、私は反応できず固まっていた。

「もしかして、これからうちで預かる子って、佐倉なのか……？」

珍しく動揺したように呟く一ノ瀬くんになにも返せない。

こんなことって……ある？

白いわんちゃんがキャンと吠えるのが、遠のく意識の中で聞こえた。

波乱の
同居生活
スタート！

みんなには秘密

とうとうこの日が来てしまった。

朝の挨拶を交わしながらクラスメイトが教室に入ってくるなか、私は自分の席で顔を手で覆っていた。

数十分前、お母さんたちに見送られ家を出た。

今日から約一カ月帰らないことになる家を見上げ、涙が出そうだった。

あまりにも不安すぎて、何度両親に「私も一緒に行きたい！」と言いそうになっただろう。

ふたりはそろそろ家を出て空港へと向かっている頃だ。

しばらく日本にいないと考えると、さらに不安は増した。

仕事だから仕方ないけど、お父さんがもうちょっと生活能力のある人だったら、お母さんもついていかずにすんだし、私も一ノ瀬くんの家で厄介になることもなかったのに。

ついそんな恨み（うら）が出てしまい、お父さんに食後のコーヒーをいれてあげなかったり、お風呂のバスタオルを出してあげなかったり、小さな意地悪をしてしまった。

今日から私が帰るのは慣れ親しんだ自分の家じゃない。

一ノ瀬くんや京子さん、春陽くんがいるあの素敵なお家。

先週挨拶に行って、お世話になるのが一ノ瀬くんの家であることが発覚し、世間の狭さを痛感すると同時に、断ろうと思った。

だって、ムリでしょ。

ムリ。ムリムリ、どう考えてもムリ。

あの一ノ瀬くんと一緒に一カ月も暮らすなんて、そんなのできっこない。絶対うまくいかない自信がある。

一ノ瀬くんだって、私と一緒に生活するなんて嫌だろうし。

すでに彼の眉間のシワが、爪楊枝(つまようじ)でも挟めそうなくらい深くなっているのを見て確信していた。

けれどそんな本音を軽く口にできるわけもなく——。

私はそのときの会話を思い出す。

「もしかして梓ちゃん。うちの千秋と知り合いだった？」

「し、知り合いというか……」

「同級生だよ」

あっさりと答えた一ノ瀬くんに、お母さんたちが目を瞬かせ、それからほっとしたような顔をした。

「なあんだ、そうだったの〜」

「よかった。同級生なら梓ちゃんも少しは安心じゃない?」

「あ、は、はい。ええと、その……」

どうしよう。全然安心できないです。

むしろ私たち、あまり仲良くないほうなんですけれども。

そう正直に言えず、途方に暮れて足元の小さな白い塊を見下ろす。

ふわふわな毛のその犬は、つぶらな瞳で私を見上げていた。

可愛い。動物、飼ってみたかったんだよね。

でもうちはお父さんにアレルギーがあって動物を飼うことができない。ずっと、犬や猫がいる友だちの家が羨ましかった。

それに小さなお庭のある家も素敵だと思う。

京子さんはさっぱりした性格で接しやすそうだし、春陽くんは人懐っこくて可愛い。

ここは本当にいい環境だと思う。

でも、ムリだ。

一ノ瀬くんと一カ月も寝食をともにするなんて、私以上にきっと、一ノ瀬くんが困る。

断らなくちゃ。

一ノ瀬くんは断りにくいだろうから、私がちゃんと言わないと。

「あの……やっぱり、このお話は」

なかったことにしてください、と続けようとしたとき、袖をくいと引かれた。

ハッと下を見ると、春陽くんが大きな目をうるうるさせて私を見上げていた。

「梓おねえちゃん……？」

うちに、来てくれないの？　と、春陽くんが今にも泣きだしそうな顔で無言で訴えてくる。

足元にいる真っ白なわんちゃんとそっくりの、小さくて可愛い可愛い春陽くん。

その破壊力に胸がぎゅぎゅぎゅ～っと締めつけられ、もうダメだった。

この可愛さに勝てる人間がいたら教えてほしい。私にはムリだ。

可愛いって無敵だと思う。

「お……お世話になります～っ」

「やったー！」

パッと笑顔になり飛びついてきた春陽くんをしっかりと抱きしめ、心の中で泣いた。

恐る恐る一ノ瀬くんをうかがえば、不機嫌そうな顔でため息をついている。

ごめんなさい、一ノ瀬くん。

でもあなたの弟さんが可愛すぎるのがいけないんです！

「梓おねえちゃん、よろしくね！　いっぱい一緒に遊ぼうね！」

「こちらこそ……よろしく、春陽くん。仲良くしてね」

「よろしく、梓ちゃん。自分の家だと思って過ごしてね」

「あ、ありがとうございます。ご迷惑おかけしますが、よろしくお願いします」

春陽くんと京子さんに歓迎されながら、ちらりと一ノ瀬くんを見る。

彼はひとつため息をつき、難しい顔をしたまま「よろしく」と言ってくれた。

ものすごくよろしくしたくなさそうだ。

そりゃあそうだよ。私たち、高橋くんを介して知り合っただけで、彼がいなくちゃ仲良く喋るような間柄じゃない。むしろちょっと険悪な関係なんだから。

私だって嬉しくないけど……天使にお願いされちゃしょうがない。

口元を引きつらせながら、私もなんとか「よろしく」と深く頭を下げた。

お世話になる身だし、なるべく一ノ瀬くんの邪魔にならないよう、ケンカになったりしないよう気をつけよう。

そのためにも距離感は大事だ。高橋くんの教えを守って、距離を大事にしなくちゃ。

それから……一ノ瀬くんのことを、しっかり見よう。

目が合うたびに睨みあいにならないよう、彼のいいところをたくさん見つけるんだ。

一ノ瀬くんは正直いけ好かないタイプだけど、彼の言っていた『いいところを見つける』っていうのは、とても素敵な考えだと思うから。


と、あのときは意気込んだわけだけど……。

実は早くも、寂しさと不安で倒れそう。

もう高校生なのに、家を出て一時間もしないうちにホームシックだなんて情けない。

「おっはよーアズにゃん！　挨拶どうだった？」

「おはよう、梓。例の息子さん……大丈夫そう？」

登校してきた小鳥たちには、お世話になるお家に挨拶に行くことを話していた。

ダメだったらうちにおいで。親の許可はとったから。

そう何度も言ってくれるふたりがいなかったら、私きっと泣いていたと思う。

「おはよう、ふたりとも。ええと……」

実はお世話になるのは、隣りのクラスの一ノ瀬くんのお家だったんだよね。

と、続けようとした言葉は声にならなかった。

あれ。これって……話していいことなのかな？

なにも考えていなかったけど、私と住むことがバレたら、もしかして一ノ瀬くんの迷惑になったりしない？

「あー……その」

心配そうに見つめてくるふたりに、本当のことを話すべきか否か。

私は一瞬唇を噛みしめたあと、無理やり笑顔を作って見せた。

「と、とっても可愛い、天使みたいな男の子がいたよ」

ごめん、と心の中で謝りながら言った。

天使みたいな男の子、春陽くんはたしかにいたから、嘘じゃない。

実は息子さんはふたりいて、もうひとりは同級生の一ノ瀬くんだということは、伏せているだけで嘘をついたわけじゃない。

なんて、そんな言い訳を自分にしても意味ないのに。

「えっ！　じゃあ、アズにゃんの苦手な感じじゃなかったんだ？」

「うん。女の子みたいな見た目でね。うるさくないし、乱暴でもないし、人懐っこくてすっごくいい子。梓おねえちゃんって呼んでくれたり」

「そう……。よかった。心配だったけど、これで安心だね」

ふたりの安心した笑顔に、ちょっと心が痛む。

一緒に住むことを秘密にすることになったとしても、ふたりにだけは話したいって、一ノ瀬くんにお願いしてみようか。

彼が許してくれるかはわからないけど。

「ふたりとも、心配してくれてほんとありがとう。私、一カ月がんばってみる！」

「おー！　いいぞアズにゃん。その意気だ！」

「困ったことがあったらいつでも言ってね」

優しい友人たちに、折れかけていた心を支えてもらった気分だ。

とにかく何事も挑戦あるのみ、だよね。

もしかしたら思っているよりずっと、一ノ瀬くんとうまくやっていけるかもしれないし。

今まで一度も見たことのない、一ノ瀬くんの笑顔だって見られちゃうかもしれない。

いつも私には皮肉な笑みしか見せないから、彼の心からの笑顔なんて想像もつかないけれど。


午後イチの授業は移動教室だったので、昼休みが終わる前に小鳥とミーナと教室を出た。

生徒の行き交いが激しい廊下を歩いていると、前方から一ノ瀬くんと高橋くんが連れだってこちらに向かってくるのが見えてドキリとする。

一ノ瀬くんのすぐ後ろには、例のごとく森姉妹も貼りつくようにして歩いていた。

どうしよう。声をかけるべきだろうか。

でも小鳥たちの前で「今日からよろしく」って言うのはまずいだろうし、森姉妹の前ならなおさらまずい気がする。

迷っていると、一ノ瀬くんと目が合った。

そして彼の口が「あ」という形を作った瞬間、私の身体は自分でも驚くほど俊敏に動いていた。

「さく……」

「わーっ！　一ノ瀬くん！　ちょっとこっちに！」

その場にいた全員が唖然とするなか、強引に一ノ瀬くんの手を引いて廊下の端まで走った。

みんなから充分離れたところで、ドキドキとうるさい胸を押さえ立ち止まる。

はあ、危機一髪だった。

「おい。いきなりなんなんだ」

「あっ！　ご、ごめん！」

掴んでいた一ノ瀬くんの手を慌てて離す。

一ノ瀬くんは相変わらず不機嫌そうな顔で私を睨んだ。

「えーと。今日から、お世話になります？」

「……それだけ？　わざわざあいつらから離れる必要あった？」

「そ、それなんだけど。同居のこと……みんなには秘密にしておいたほうがいいよね？」

「で？」

一ノ瀬くんはいぶかしげに眉を寄せる。

「なんで？」

「なんでって。一ノ瀬くん、嫌じゃないかなって。私と一緒に生活してるって知られたら、からかわれたり、騒がれたりするかもしれないし」

それに私たちはあまり仲良くはない。むしろそりが悪いというか、一ノ瀬くんに好かれていないだろうという自覚もある。

そういう相手と同居すると周りにバレるのは嫌だろう。

そう思ったのに――。

「俺は別に？」

ケロッとした顔で言われて、膝から力が抜けそうになった。

気にしないんだ⁉　私のことは眼中にないって、そういうこと⁉

やっぱり感じ悪～い！

文句を言ってやろうとしたとき、一ノ瀬くんの後方で、森姉妹が不機嫌そうに腕組みをしてこっちを気にしているのが見えた。

ふたりともものすごくイライラしている様子で、冷や汗が出る。

「あー……。でも森さんたちがすごく怒りそうじゃない？」

私の言葉に一ノ瀬くんは彼女たちのいるほうを振り返り、嫌そうに「たしかに」と言った。

「あいつらに知られたら、家まで来るって騒ぎだすな」

「それは一ノ瀬くんのお家だし、一ノ瀬くんの好きにして構わないと思うけど……」

「俺が嫌だ。学校だけならまだしも、家まであいつらにつきまとわれたくない」

うんざりした調子の一ノ瀬くんに、首を傾げる。

「あのさ、森さんたちと付き合ってるとかじゃないの？」

森姉妹に冷たいのはポーズじゃなくて、心から嫌だと思ってるってこと？

「はあ？　ありえない」

きっぱり言う一ノ瀬くんは、嘘をついているようには見えない。

そうか、ありえないのか。てっきりどちらかと付き合っているんだと思ってた。

「じゃあ、ただのお友だち？」

「というか、中学が同じだっただけだ。それ以上でもそれ以下でもない」

妙に強調するように言われ、その迫力に圧され何度もうなずいた。

　つまり一ノ瀬くんにその気はないけど、森姉妹に言い寄られている、と。

　姉妹そろって同じ人を好きになったのか。それって姉妹でライバル同士ってこと？

　それとも恋愛の好きとは違って、ただのファンみたいなものなのだろうか。

「わかった。面倒なことになりそうだから、同居のことは秘密だ。どうせ一カ月くらいのことだし、隠しとおすぞ」

「うん。そのほうがいいと思う」

「そっちも誰にも言うなよ」

「……やっぱり、小鳥たちにも秘密にしなきゃダメ？　あのふたりは信頼できるし、話しておこうかと思ったんだけど」

「どこからバレるかわからないだろ。お互い秘密は守るべきだ」

　そう言われてしまえばうなずくしかない。

　私は居候の身だし、なるべく一ノ瀬くんの希望に沿うようにしなくちゃ。

　ふたりには同居が終わったらすべて話して、隠していたことを謝ろう。

「わかった。誰にも言わない。絶対秘密ね」

「よろしく。ところで佐倉。お前好き嫌いはあるか」

「へっ？　いきなり、なに？」

「食べ物。母さんが聞くの忘れてたから聞いてくれって。さっきからメッセージがしつこいんだよ」

スマホの画面に映るトーク履歴を見せられ、納得する。

京子さんが私の同居を本当に楽しみにしてくれている感じが、たくさん連なるメセージから読みとれて嬉しくなる。

「嫌いなものはないから、なんでも食べますって伝えてくれる？」

「嫌いなもんはなくても、好きなもんくらいあるだろーが。肉と魚どっちが好きとか、そんくらい言えねぇのかよ」

このぉ……！　だから言い方！

ほんと、どうにかならないかな！

「どっちも好きだけど、どちらかというと魚！」

「なにキレてんだよ。魚な。伝えないけど」

「はあ？　なんで！」

「お前が魚好きって知ったら、魚料理ばっかになんだろ。俺は肉が好きなんだよ」

「だ……っ」

だったら聞くなー‼

そう叫びそうになったとき、突然一ノ瀬くんの後ろから、ひょこっと高橋くんが顔を出したので慌てて口を閉じた。

「なにふたりで話してんの？」

「た、高橋くん」

「別にたいしたことは話してねぇよ。つーかいきなり現れんな」

一ノ瀬くんに顔を押しのけられながら、高橋くんがニヤニヤ笑う。

なぜかとても嬉しそうだ。

「いつの間にふたり、そんなに仲良くなっちゃったの？」

「はあ？　どうやったらそう見えんだよ」

「えー？　怪しいなあ」

妙に食いついてくる高橋くんを笑顔でごまかし、ふたりから離れる。

ああ、危なかった。あそこで叫んでいたら、いきなりバレてた。

「あの、私行くね！　移動教室だし！」

それじゃ、と逃げるようにその場をあとにする。

でも小鳥たちのところに行く前に森姉妹とすれ違い、その瞬間ふたりから鋭い目つきで睨まれた。

「千秋に馴れ馴れしくしてんじゃねーよ」

その棘(とげ)だらけの声に思わず振り返ったけど、森姉妹は何事もなかったかのように

「千秋おっそーい」と一ノ瀬くんのもとに走っていく。

こ、こっわ〜!

今言ったのって、姉と妹のどっち?

まさか同時に同じことを言ったとか。双子は声もよく似ているみたいだから、充分ありえる。

やっぱりあのふたり、ただのファンではない気がする。

どっちも一ノ瀬くんのことが本気で好きなのだとしたら、もしどちらかが一ノ瀬くんと付き合うことになったら、片方はどういう気持ちになるんだろう。

それでも応援できるものなのかな。

誰かを好きになったことがない私には、うまく想像ができなかった。

一度聞いてみたい気もするけど、きっと睨まれて終わりだろうなあ。

それにしても、やっぱり同居のことは秘密にして正解だったかもしれない。

もしバレたら私、森姉妹に殺されるんじゃないかな。少なくとも、ふたりがかりでボコボコにはされそう。

嫌な想像をしながら小鳥たちのところに戻り、無理やり笑顔を作った。

「ごめんね。お待たせ、ふたりとも」

「どうしたの梓。顔色悪くなってるよ?」

「一ノ瀬くんにいじめられた？　っていうか、一ノ瀬くんになんの用事だったの？」

まあ不思議に思うよね。

私が男子と喋るためにわざわざ連れだすことなんてまずないし。

「あー、そ、そう！　落とし物！　一ノ瀬くんの落とし物拾って！」

「へぇ。男嫌いなのにえらいじゃん！　ちゃーんと落とし物届けてあげるなんて」

「もしかして、高橋くんだけじゃなくて、一ノ瀬くんも大丈夫になった？」

「ええ？　いやあ、それは……」

小鳥に聞かれ、顔が引きつる。

大丈夫ではないけど、一緒に住むことになったと話したら、小鳥はどんな顔をするかな。

「あ。そういえば電車が同じって言ってたっけ？　うん？　それはチャラ王子のほうだっけ？」

「もう、ミーナ！　高橋くんはチャラくないってば！」

「そうだった。ごめんごめん。それより、さっきアズにゃん、一ノ瀬くんの手掴んでたよ」

「……え？　手？」

あ、そうか。

男嫌いな私が、いきなり一ノ瀬くんの手を取って走りだしたから、ふたりはビックリしたんだ。

考えてみたら、同年代の男の子の手を握ったのは初めてかもしれない。

たしかに夢中だったとはいえ、よくあんな大胆なことができたなあ、私
「さっそくリハビリの成果が出てるんじゃない？」

「リハビリって、まだ同居は始まってないし」

「ふふ。うまくいくといいね」

優しい小鳥の微笑みに、また胸が痛む。

これから一カ月も嘘をつき続けなくちゃならないなんて。元々隠し事がうまいほうじゃないし、憂鬱でしかない。

そっと後ろを振り返ると、一ノ瀬くんは森姉妹に例のごとくまとわりつかれ、鬱陶しそうにしていた。

そしてそんな彼に、高橋くんが笑っている。

きっと一ノ瀬くんも、高橋くんに隠し事をするのはつらいよね。

大変なのは私だけじゃない。いきなり同級生と生活しなくちゃいけなくなったのは、一ノ瀬くんも同じ。

私には事情があるけれど、一ノ瀬くんにしてみれば、きっと迷惑でしかないんだよ

ね。

せめて、約束はちゃんと守ろう。私にできることはそれくらいだ。

この罪悪感に負けて、小鳥たちに話してしまわないよう気をつけなくちゃ。

でも……私に隠しとおせるかなあ。

決意したそばから不安になり、そんな情けない自分に今日何度目かのため息をついた。


いつもの駅よりふたつ手前で電車を降りた。

初めて降りたここは、一ノ瀬くんの家の最寄り駅だ。これから一カ月、この駅を通学で使うことになる。

帰りは要注意だ。いつもの癖で、乗り過ごしてしまわないようにしないと。

改札へ向かおうとしたとき、階段の前の人影に気づいた。

「あれ。一ノ瀬くん……？」

壁に寄りかかるようにして立っていた一ノ瀬くんは、私を見てあごをしゃくる。

「行くぞ」

「え。行くぞって……」

もしかして、待っててくれた？　私がこの駅を使うの、初めてだから？

さっさと階段をのぼっていく背中を、慌てて追いかける。

「あの！　待っててくれたんだよね？　ありがとう」

「別に。迷われても困るし」

ああ、なるほど。学校の最寄り駅で合流しなかったのは、周りにバレないようにするためか。

うちの学校の生徒でほかに、この駅を使う人はいないのかな。

周りを気にしてみたけれど、同じ制服は見当たらなかった。

あれ、でもたしか、森姉妹と中学が一緒なんじゃなかったっけ？

あのふたりは電車通学じゃないのかな。小鳥たちみたいにバスなのかもしれない。

一ノ瀬くんは駅を出て家に向かう道すがら、コンビニや銀行、本屋さんやレンタルショップの場所など、いろいろと教えてくれた。

さっそくひとつ、彼のいいところを見つけた。

意外と面倒見がいいんだ。

「一回で覚えろよ。迷子で警察行くとか、恥ずかしいことにならないようにな」

だーかーらー！　言い方！

せっかく見直しかけていたのに。

言い方さえもっとどうにかなれば、普通にいい人って思えそうな気がしないでもないんだけど。

〝嫌いな男子〟から〝そんなに悪い人じゃないかも〟くらいに気持ちは変わってきてはいたけど、〝好き〟になる道のりは遠そうだ。


一ノ瀬家にたどり着くと、なんだか不思議な感じがした。

私、今日から毎日、ここに帰ってくることになるんだなあ。

「ただいま」

先に家に入っていく一ノ瀬くんを追って、私も玄関に立った。

「お、お邪魔します」

妙に緊張してしまって小声で言うと、靴を脱ぎながら一ノ瀬くんが振り返る。

「バカ。ただいま、だろ」

「あ。そっか。た、ただいま……？」

「なんで疑問形だよ」

鼻で笑われ、頬をふくらませる。

文句を言いかけたとき、廊下を駆けてくる小さな足音がして、白い塊が一ノ瀬くんに向かって勢いよく体当たりした。

「マロ。ただいま」

熱烈な出迎えをしたのは、一ノ瀬くんちの小さな一員、ポメラニアンのマロだった。

まるで「おかえり」と言うかのように高い声でキャンと吠える。

真っ白でふわふわな毛に、つぶらな黒い瞳をした彼は、マシュマロみたいという春陽くんのひと言でマロと名付けられたらしい。

さすが春陽くん。ネーミングセンスまで可愛らしい。

続いてまた廊下をタタタと駆けてくる足音がして、今度は天使が現れた。

「梓おねえちゃん、おかえりなさーい！」

「春陽くん、ただいま……！」

私に向かって満面の笑みの天使が飛び込んできたので、しっかり受け止める。

もしかして、こんな素晴らしいお出迎えをこれから毎日してもらえるのかな？

天国かなここは？

「僕ね、梓おねえちゃんが来る日だから、急いで帰ってきたんだ！」

「ありがとう！　私も春陽くんに会えるの、楽しみにしてたよ」

「えへへ。嬉しいなー。今日からずっと梓おねえちゃんと一緒だ」

こんなに素直で愛くるしい小学生男子が地球上に存在していたなんて！

幸せにひたりながら、でれでれしていると、突然、春陽くんの華奢な身体が離れていった。

何事かと思えば、一ノ瀬くんが春陽くんの襟首を掴んでいる。

しかもものすごく不機嫌そうな顔で、弟を見下ろしていた。

「兄ちゃん、なにすんだよ！」

「春陽お前、いくらなんでも猫かぶりすぎ」

「猫なんて知らない！　はーなーせー！」

じたばた暴れる春陽くんにため息を落とした一ノ瀬くんに、今度は私が睨まれる。

「佐倉も」

「え？　わ、私？」

「簡単に男に隙見せてんじゃねーよ」

いやいやいや。いったいなにを言いだすのかと思えば。

男に隙って、春陽くんはまだ小学生じゃん。

「春陽くんだもん。大丈夫だよ」

「なにが大丈夫なんだよ。お前、そういうとこだぞ」

「そういうとこって？」

「兄ちゃん。俺が羨ましいからって梓おねえちゃんに余計なこと吹き込むのやめてくんない？」

兄の手を振り払い、自由になった春陽くんは、冷めた目をして抗議した。

あれぇ？　さっきまでと様子が全然違うような。

急に大人びた表情になった春陽くんが、別人に見える。一人称まで変わってない？

「うるせぇマセガキ。人様んちの娘に手ぇ出すなよ。めんどくせぇ」

「それってもしかして、自分のこと言ってる？」

「お前と一緒にすんな」

「俺は兄ちゃんと違って不純な気持ちなんていっさいないしぃ？」

「嘘つけ。つーかかぶった猫がはがれてんぞ」

一ノ瀬くんに指摘された春陽くんが、ハッと私を振り返る。

「は、春陽くん……？」

動揺して固まる私に、春陽くんはにっこりと笑顔を浮かべ飛びついてきた。

「梓おねえちゃ〜ん！　兄ちゃんが僕のことといじめる〜！」

目をうるうるさせて見上げてくる春陽くんは、私の知っている春陽くんに戻っていた。ああ、びっくりした。

さっきのちょっとブラックな春陽くんは、幻聴と幻覚だったのかもしれない。

「なにがいじめる〜だ！　お前がいじめられるタマかよ！」

「え〜ん。おねえちゃん怖いよ助けて〜！」

「ちょっと。なによ、騒がしい」

ふたりの声がどんどん大きくなってきたとき、京子さんがリビングから出てきて息子たちをひと睨みで黙らせた。さすが、母は強し。

玄関に一ノ瀬家全員がそろった。

なんだかここに自分が立っているのが、変な感じ。

「梓ちゃん。おかえりなさい」

「京子さん。おじゃまします……じゃなくて、ただいま帰りました」

「ふふ。そうかしこまらないで。第二の我が家と思ってくつろいでくれたら嬉しいな」

「はい！　今日からよろしくお願いします！」

改めて一ノ瀬家のみんなに頭を下げると、笑顔でよろしくと言ってもらえた。

まあ、長男だけは相変わらずクールな顔をしていたけど。


そのあと着替えに、二階の客間に入った。

ふだんは使われていないらしく、来客用の布団とテーブルがあるくらいのシンプルな部屋だけど、一カ月生活するには充分だ。

小さなクローゼットもあって不便はないし、窓の外には小さなベランダがあり、日当たりもいい。

ひとりになれる空間があるというだけで、本当にありがたい。

着替えて下に行くと、階段下で春陽くんがソワソワした様子で待っていた。

「梓おねえちゃん、お母さんがおやつにマフィン焼いたって！　一緒に食べよ！」

「わあ、マフィン？　そういえば甘い匂いがしてたもんね。嬉しいなあ」

「おやつもご飯もおねえちゃんと一緒に食べられるの、僕も嬉しい！　ほかにも一緒にゲームやったり、一緒に寝たりしたいなあ」

はあ、可愛いさが止まらない。

こんなふうにおねだりされたら、なんでも言うこと聞いちゃう。

「いいね！　一緒にできること、全部やろっか」

「ほんと!?　おねえちゃん、お布団で大丈夫か心配だったんだ。ベッドの方が良かったら、僕のベッドで一緒に寝よ！」

「アホか。さっそくなにふざけたこと言ってんだ、お前は」

「あ。一ノ瀬くん。もう着替えてたんだ」

制服から私服に着替えた一ノ瀬くんが、リビングからマロと一緒に出てきた。

Tシャツにデニムとラフな格好をした彼の手には、真っ赤なリードが握られている。

「ふざけてないし！　っていうか、兄ちゃんマフィン食べないの？」

「今一個食った。散歩行ってくる」

「ふうん。いってらっしゃい」

玄関でスニーカーを履き、マロにリードをつけた一ノ瀬くん。

立ち上がると一瞬こちらを振り返り、目が合ったので慌てて「行ってらっしゃい」と声をかけた。

「……いってきます」

そっけなかったけど、なんとか返事をしてもらえた。

マロと一緒に一ノ瀬くんが出ていくと、春陽くんが「兄ちゃんが照れてる。ウケる」とぼそりと言った。

え。今の照れてたの？　どこが？

というかまた春陽くんの雰囲気が変わったような。

じっと見下ろしていると、何事もなかったようににっこり微笑みで返された。

うん。やっぱり私の気のせいだ。

「兄ちゃん、いっつも家に帰ってきてすぐマロの散歩に行くんだ」

「へえ。日課なんだ？」

「うん。うちで一番マロを可愛がってるの、兄ちゃんだから。マロも兄ちゃんに一番懐いてるし。僕が散歩するとすぐ走って振り切ろうとしてくるくせに、兄ちゃんといるとおりこうなんだよ」

つんと唇を尖らせる春陽くん。

これはお兄ちゃんに嫉妬しているのかな。可愛いなあ。

それにしても、やっぱり一ノ瀬くんは面倒見がいいんだ。

「だから用事がないと、兄ちゃん学校終わってまっすぐ家に帰ってくるんだよ」

「そうなんだ。えらいねぇ」

「でも兄ちゃんヒマなのかな？　高校生ってもっと遊んだりするものなんじゃないの？」

「え？　まあ、忙しい人は忙しいけど、一ノ瀬くんは帰宅部だしね」

私も帰宅部だし、小鳥たちと寄り道することはたまにあるけど、わりとヒマなほうだからなんとも言えない。

「実は兄ちゃん友だちいないのかなって、こっそり思ってた」

春陽くんの言葉に、思わず吹きだしてしまった。

弟にそんな心配をされていると知ったら、一ノ瀬くんどんな顔をするだろう。

「お兄さんはちゃんと友だちがいるから、大丈夫だよ」

「別に心配してるわけじゃないんだけど……。じゃあ、彼女は？　兄ちゃんて彼女いる？」

「ええっ？　か、彼女かぁ」

パッと頭に浮かんだのは森姉妹だ。いつも一ノ瀬くんの隣を姉妹で陣取っている。

でも一ノ瀬くんは付き合っているわけじゃないときっぱり否定していたから、彼女たちは女友だちっていうくくりになるのかな。

「彼女はたぶん、いないいんじゃないかなあ」

「やっぱり！　家に女の人連れてきたこともないし、兄ちゃんてモテないんだ」

「そ、そんなことはないよ？　ちょっと冷たそうに見えるから、近寄りがたいと思われてるとこはあるけど。かっこいいし頭もいいから、ファンは多いと思う」

実際、森姉妹が常に睨みを利かせているのでほかの女子は寄っていけないようだけど、一ノ瀬くんを遠巻きに見ている子は多い。

高橋くんはサッカー部のエースで人当たりもいいから、わかりやすくモテていて、一ノ瀬くんはクールで距離を置かれがちだけど、隠れファンが多いという感じだ。

改めて考えると、そんな人と同居していることがバレたら私……彼のファンに袋叩きにされるんじゃないかな。

一ノ瀬くんのファンは森姉妹だけじゃなく、もっとたくさんいるんだ。気をつけるべきは、森姉妹のふたりだけじゃない。

想像するとゾッとした。

バレないように、細心の注意を払って学校生活を送ろうと決意した。

「はぁ～……お腹いっぱい」

ぽこんとふくれた自分のお腹を撫でながら、階段をゆっくり下りる。

豪華な夕食についつい食べすぎちゃった。

初日ということで、京子さんがはりきって作ってくれたから、残すのももったいなくて。

それにどれも美味しくて、これは一カ月後の体重がちょっと怖いぞ。京子さんとお喋りしながら、食後のデザートまでしっかり食べちゃったもんなあ。

しかし悔いはない。ごちそうさまでした。

京子さんにお風呂に入るよう言われたので、着替えを持って脱衣所の扉に手をかけた。

すると誰もいないと思っていたのに、目の前に綺麗な肌色があって、一瞬それがなんなのかわからず固まってしまった。

濡髪（ぬれがみ）のその人が振り返り、私を見て切れ長の目を細める。

「……悪い。鍵閉め忘れた」

一ノ瀬くんだった。

髪をタオルドライしている彼は、かろうじて下着は身に付けているものの、ほかはまだで。

長くてしっかり筋肉のついた脚だとか、意外にも六つに割れた腹筋だとか、筋の出た腕だとか、いろいろアウトな部分が惜しげもなくさらされている。

濡れた重みでまっすぐになった黒髪。

そこからポタリと落ちた水滴が、肩かららゆっくりと肌をすべっていくところまで、しっかりと目で追ってしまった。

「こ……」

「こ？」

「こちらこそ！　失礼しました一っ!!」

叫びながら脱衣所のドアを思い切り閉めた。

なにあれ！　すっごく男の子だった！

バクバクと心臓が激しく動きすぎて、口から飛びだしてきそう。顔が沸騰したみたいに熱い。

一ノ瀬くんは帰宅部だしスラッとしていて、男くささがあまりない人だと思っていたのに。

お風呂上がりの一ノ瀬くんは、そんなイメージをひっくり返すくらい、ものすご一く〝男の子〟だった。

男の子ってみんなあんな感じなの？

お父さんの裸だって最近見ていなかったから、わからない。

当たり前かもしれないけど、私と全然違った。どこも骨がしっかりしていて、筋肉がついていた。

色白だけど、頼りない感じはまったくしなくて、むしろそんな綺麗な顔をしておいて筋肉なんかあるんだ、とビックリしてしまった。

「……っていうか私、しっかり見すぎ！」

変態だ！　最低！

と自分を罵っていると、タタタと足音がして、リビングの方から春陽くんが歩いてきた。

「梓おねーちゃん？　なにしてるの？」

「春陽くん。えーと、ちょっと自己嫌悪からの精神統一を……」

「ふうん？　これからお風呂入るんだよね？」

「う、うん。入る……つもりだったんだけど」

入ってもいいのかな？

一ノ瀬くんのあととか、さっきの裸（パンツあり）を想像してのぼせちゃいそうなんですけど！

もう、早く忘れてしまいたい。思い出すと顔が熱くなってしまう。

「そうだ！　梓おねーちゃん、僕も一緒に入っていい？」

「え？　一緒に？」

「うん！　僕、背中洗ってあげる！」

キラキラしたおめでそんなことを言ってくれる春陽くん、天使がすぎる。

それに比べて私のなんと汚れていることか……。

春陽くんに背中を洗ってもらったら、私の心も少しは綺麗になるだろうか。

「そうだね……一緒に入ろうか！」

「ほんとっ？」

「うん！　私ひとりっ子だったから、兄弟でお風呂に入るの、実は夢だったんだ～」

「やったー！　梓おねーちゃん大好き！」

プライスレスな笑顔に、一瞬で心癒された。

さっきまでの動揺が嘘のように凪いでいくのを感じ、ほっとする。

さすが、天使パワーはすごい。つい拝(おが)んでしまうくらいの圧倒的ピュアさに、顔のにやけが止まらない。

「じゃあ僕、着替えとってくる！」

「うん。ここで待ってるね」

そう答えた瞬間、目の前の脱衣所の扉が勢いよく開かれた。

と思ったら、伸びてきた腕が春陽くんの襟首をむんずと掴んで持ちあげる。

「い、一ノ瀬くん……？」

「なにすんだー！　はなせよ、兄ちゃん！」

服を着た一ノ瀬くんは、濡れた前髪の間から私と春陽くんをじろりと睨んだ。

「お前たちはそろいもそろって、俺の言ったことを聞いてなかったのか？」

「はあ？　なんのことか、僕わかんな～い」

「猫かぶんのやめろ！　いつもはもっとワガママでやりたい放題のくせに」

「ひどい！　梓おねえちゃん、嘘だからね？　兄ちゃん、おねえちゃんの前で変なこと言わないで！」

「どうせすぐ化けの皮がはがれるんだ！　可愛い子ぶんな！」

「ぶってないです～。元々可愛いんです～」

突如始まった兄弟ゲンカの勢いに圧倒されて、口を挟むことができない。

男兄弟ってこんなに激しいものなんだろうか。それとも一ノ瀬兄弟が特別なだけ？

「とにかく！　風呂はダメだ。一緒に入るのは絶対禁止」

「梓おねえちゃんはいいって言ってくれたもんね！」

「いいわけないだろうが！　お前わかってて言ってんだろ！」

「はあ？　自分も梓おねえちゃんとお風呂に入りたいからって、邪魔しないでくんない？」

「おっ前……！　そんなわけあるか！」

あっという間に取っ組み合いのケンカに発展してしまった。

エスカレートするばかりで終わりの見えない兄弟ゲンカを前に、呆然としてしまう。

兄弟ゲンカも実は憧れのひとつではあったんだけど、さすがにここまではできないなぁ。

あと時々春陽くんがブラックな表情を見せるのが気になる。

もしかしたら春陽くんには、天使な顔と小悪魔な顔があるのかもしれない。

どっちの春陽くんも可愛いことに変わりはないんだけど。

「あ、あのう。一ノ瀬くん？　私がオーケーしたのは本当だから」

「ああ？」

こっわ！　どこのヤンキーですかっていうくらい鋭い目で睨まれた。

もしかしてこれ、本気で怒ってたりするのかな？

「え、ええとね。一緒に入るのは全然構わないというか、むしろ兄弟でお風呂入るのって憧れてたから、嬉しいなって思ったくらいで……」

「佐倉」

「はい！」

あまりに低い声で呼ばれたので、反射的に背筋をピンと伸ばして返事をしてしまう。

一ノ瀬くんはポイと春陽くんを放りだすと、私の肩を強く掴んできた。

「お前、男嫌いなんだって？」

「え？　あ、う、うん。京子さんに聞いたの？」

「よく見ろ。春陽は小さいけど、れっきとした男だ」

一ノ瀬くんにアゴで示された春陽くんは、頬をハムスターのようにぷっくりふくらませてむくれている。

はい、可愛い。

「それはわかってるけど……春陽くんだよ？」

「春陽だってことが安全な理由にはなんねぇだろ。春陽は男で、がさつなとこもあれば、下心だってある。つくもんついてるしな」

どういう意味かわからなかったけど、春陽くんは「セクハラだ！」と怒っている。

私がピンときていないことが伝わったのか、一ノ瀬くんは少し考えこう続けた。

「プールとか温泉で、小六になっても女の更衣室や女風呂に入ってる男がいるか？」

「そ…それは」

「いたらギョッとすんじゃねーの？」

「うー……。する、かも」

春陽くんは小柄だから気にならないかもしれないけど、小学六年生ならけっこう背が大きい子がたくさんいる。下手したら私より背が高い子もいるかもしれない。

冷静に考えればそうなんだけど、でも……そうは言っても、春陽くんだよ？

穢れのない天使によこしまな気持ちなんてあるわけないんだから、一緒にお風呂に入るくらい問題ないと思うんだけどなあ。

「それにお前と春陽は兄弟じゃない。今は一時的に家族だけど、赤の他人だろ。家族以外の異性と風呂に入るなんて、春陽の教育上もよろしくない」

「あ……！　そ、そっか。それは……うん。そうかもしれないね」

そこまで考えが至らなかった。

ダメだなあ、私。それに比べて一ノ瀬くんは冷静ですごい。

「お前、そんなことで大丈夫か？　男が嫌いって言っときながら、なんで春陽にはそんなにガードがゆるゆるなんだよ」

「だ、だって……春陽くんだよ？　男っていうか、性別は天使って感じだし。全然嫌じゃないよ」

「天使なんて性別あるわけねーだろ。つーかこいつ、見た目はともかく本性は全然天使なんかじゃねーし」

思いきり顔をしかめて言った一ノ瀬くんに、春陽くんはべえっと舌を出している。

いやいやいや、どこからどう見ても天使じゃないですか。

その天使のほっぺを、一ノ瀬くんは片手でムギュッと挟んでつぶした。

「とにかく、一緒に風呂入んのは禁止。わかったな？」

「はい……わかりました」

「んむー！」

春陽くんはジタバタ暴れながら抗議をしているようだけれど、頬を挟まれているので言葉になっていない。

やがて兄の手から逃げだし「兄ちゃんのむっつりスケベ！」と可愛らしい暴言を吐いて二階へ駆け上がっていってしまった。

「むっつりスケベ……」

「なにか言いたいことでもあんのか、佐倉」

「いえ！　なにもありません！」

笑ってしまいそうになったけど、慌てて咳ばらいをしてごまかした。

一ノ瀬くんは私をひと睨みしたあと、少し迷うようなそぶりをしてから口を開いた。

「……あのさ。学校で言ってたやつって、俺のこと？」

「へ？　学校で言ってた……？」

突然なんのことだろう？

私なにか言ったっけ？

「昼休み、中庭で言ってただろ。苦手な奴とどうしてもっていう」

「ああ……！　いや、あれはなんていうか、そうじゃなくて。相手が一ノ瀬くんだとは知らなかったの。京子さんには小学生の息子さんがいるっていうことだけ聞いてたから。男の人がキ……苦手だから、小学生の子が相手でも上手くやれるか不安だったんだよね」

「そしたらもうひとり息子がいて、しかも俺だった、と」

「そういうことです……」

世間は狭いというか、こんな偶然あるんだなあと、今でも信じられない気持ちでいる。

まさか同級生の、しかも異性と生活することになるなんてって。

「で？　実際どうなんだよ。やってけそうなの？　俺とひとつ屋根の下」

「言い方がちょっと……。そりゃあ不安ではあるけど。私より、一ノ瀬くんは？　一ノ瀬くんも、あんまり女子好きじゃないでしょ」

「まあな。うるせーししつこいから」

それは主に森姉妹のことでは……？

でも森姉妹がいなければ、もっと一ノ瀬くんに声をかける女の子がいただろうから、同じことか。

「でもまあ、佐倉はそんなにうるさくねーし。一カ月くらいいいよ」

「うん。なるべく静かにしてます。私も男の人好きじゃないけど、一ノ瀬くんは高橋くんの親友だし、大丈夫だと思う」

「高橋のダチなら大丈夫って、なんでそうなるんだよ」

「だって高橋くんはほかの男子とは違うもん。前に痴漢から助けてくれたし、がさつじゃないし、下心とかそういうの、全然ない人でしょ？」

私の言葉に、一ノ瀬くんは微妙な顔をした。

「いや。あいつだって男だし、うるせーとこもあれば、下心のひとつやふたつあるだろ」

「またまた。そんなわけないじゃん」

紳士な高橋くんに限ってそれはない。

私がそう軽く笑うと、なぜかため息をつかれた。

なにかおかしなこと言ったかな？

「そういう高橋くんが信頼しているのが一ノ瀬くんでしょ？　だから私も、一ノ瀬くんなら大丈夫なんじゃないかなって」

「へー。あいつ、ずいぶん信用されてんだな」

「そういうことだから、これからお世話になっていくなかで、一ノ瀬くんに慣れていけたらなって思ってるんだ。そしたらほかの男の人にも、普通の態度をとれるようになるかもしれないし。このままじゃいけないって友だちにも言われてて、がんばってみようかなって」

今はいいんだ。小鳥たちといられればそれだけで幸せだし、充分。

でも将来、大人になって働くようになったりして、男の人を毛嫌いしていたら困るかもなあと考えたりもする。

嫌いなものは嫌い、ではいられないんだよね。

「その心意気はいいけど、間違えるなよ？」

「間違えるって、なにを？」

「男に慣れる必要はあるかもしれないけど、警戒しなさすぎるのもよくないだろ。心を開いても自衛は大事だ」

「はあ。自衛……自分を守るってこと？」

「春陽は天使じゃない。ただの小学六年の男子だ。来年は中学生になる」

一ノ瀬くんの言葉に目を見開いた。

「中学生……！　そう考えると、思ってるより春陽くんて大きいね」

「そうだよ。来年あたりからきっと背もぐんぐん伸びて、そのうち声変わりもするだろうし、天使なんかには間違っても見えなくなる」

「えっ！　それはちょっと残念かも……」

「お前な……」

「は！　ご、ごめん。ええと、自衛大事。そうだよね。痴漢とか、あとつけられたりとか考えたら、自衛してないとまずいよね」

慣れるのと誰彼構わず気を許すのは違うってことかな。

とりあえず知り合い、同級生くらいには気を許せるようになりたい。

そんなことを考えていて、一ノ瀬くんの顔が険しくなっていることに気づかなかった。

「あとつけられてんの？」

「え？」

低い声が落ちてきてハッとした。

一ノ瀬くんが眉を寄せて私をじっと見つめている。

「ああ……う、うん。そんな気がしたってだけで、振り返っても誰もいなかったんだけどね。気のせいでも気持ち悪かったなって」

自意識過剰だねって私は笑ったんだけど、一ノ瀬くんは笑ってはくれなかった。

難しい顔をして「そうか……」と呟き黙ってしまう。

お前のあとなんか誰もつけるわけないだろ、とか思ってるんだろうなあ。

それはしょうがない。私も自分でそう思ってるくらいなんだから。

「えーと。とりあえず、一ノ瀬くんの邪魔はしないよう気をつけるから、これからよろしくお願いします！」

話を変えようとそう頭を下げれば、一ノ瀬くんもうつむけていた顔を上げ、ゆっくりうなずく。

「……おう。一カ月無事乗り切るために、同居のことは秘密って約束、忘れんなよ」

「うっ。わかってるよ。でもうっかり言っちゃいそうで怖い」

素直にそう言えば、呆れた顔をされた。

「おい。秘密って言いだしたのはお前だろうが」

「そうだけど〜」

「しっかりしてくれ」

一ノ瀬くんは絶対うっかり喋っちゃうなんてこと、なさそうだもんね。

高橋くん相手でも、秘密はしっかり守りそう。

男同士だし、内緒にしてる罪悪感とかはあまりないのかもなあ。

そのあとひとりでお風呂に入ったんだけど、忘れかけていた一ノ瀬くんの裸（パンツあり）を思い出してしまい、のぼせそうになったのだった。

【side:CHIAKI】

「こちらこそ！　失礼しましたーっ!!」

そう叫ぶと、佐倉は勢いよく脱衣所のドアを閉めた。

風呂上がりで濡れた髪をかきあげて、やれやれと息をつく。

「まずった。あいつがいるって忘れてた……」

部屋着のTシャツに袖を通す。

生地が少しひんやりとしていて、火照(ほて)った身体に気持ちいい。

「逆だったらヤバかったな」

女と同居するって、こういうことなんだ。

お互い気を配っていないと、きっとうまくいかない。

例えば今風呂から上がったのが佐倉で、俺がうっかり脱衣所に入ってきていたとしたら、俺は変態のレッテルを貼られることになる。

それはいろいろまずい。

佐倉の裸なんて見たくもないもの見せられたうえに、変態のレッテルを貼られるなんて最悪だ。

……いや、見たくもないものってのはちょっとアレか。

見たいか見たくないかって言われると答えにくいけど、絶対見たくないってわけじゃないし。

いや、だからって見たいっていうのも違うけど。

もんもんとそんなことを考えていると、ドアの向こうから佐倉と弟の春陽の話し声が聞こえてきた。

「そうだ！　梓おねえちゃん、僕も一緒に入っていい？」

「え？　一緒に？」

「うん！　僕、背中洗ってあげる！」

春陽の奴……またバカなこと言いだしやがって。

つーか猫かぶりすぎてて気味が悪い。もはや別人レベルと言っていいくらいだ。

せっかく風呂であったまったのに、春陽の可愛子ぶった声を聞いて鳥肌が立っちまった。

うんざりしていると、とんでもないセリフが続けて聞こえてきた。

「そうだね……一緒に入ろうか！」

「ほんとっ？」

「うん！　私ひとりっ子だったから、兄弟でお風呂に入るの、実は夢だったんだ～」

はあ？　入るのかよ！

佐倉、あいつバカなのか？　バカなんだな？

ありえねぇだろ、春陽はあれで一応小六なんだぞ。

「じゃあ僕、着替えとってくる！」

そんなうかれた弟の声に、俺は呆れを通りこし怒りを覚えながら目の前のドアを開いた。

すぐそこにあった、春陽の襟首をつかまえて引っ張り上げる。

「なにすんだー！　はなせよ、兄ちゃん！」

暴れる春陽と驚いた顔の佐倉をじろりと睨んだ。

「お前たちはそろいもそろって、俺の言ったことを聞いてなかったのか？」

そこから佐倉に、春陽と風呂に入るのがなぜまずいのか懇切丁寧に説明してやった。

それなのに頭に花でも咲いているのか、佐倉はまるでピンときていないようだった。

これは佐倉がバカなのか、我が弟のかぶった猫が完璧すぎるのか。

とりあえず風呂は禁止という部分は納得させられたから、良しとしよう。

春陽は俺の手から逃れ「兄ちゃんのむっつりスケベ！」と俺に完全な濡れ衣を着せる暴言を吐き、二階へと駆け上がっていった。

あいつマジでとんでもねぇな。

あれを天使という佐倉は、やっぱり頭に花が咲いていると思う。

春陽がいなくなってふたりきりになったところで、気になっていたことを聞いてみた。

昼休み、苦手な相手とうんぬんという話が、俺だったのかと。

佐倉は俺がどうこうというより、男全般が苦手だということだったらしく、ちょっと安心した。

「で？　実際どうなんだよ。やってけそうなの？　俺とひとつ屋根の下」

「言い方がちょっと……。そりゃあ不安ではあるけど。私より、一ノ瀬くんは？　一ノ瀬くんも、あんまり女子好きじゃないでしょ」

「まあな。うるせーししつこいから」

パッと頭に浮かんだのは、中学も一緒だった森姉妹だ。

あいつらは本当にうるさくてしつこい。

一度姉のほうの告白を断っているっていうのに、まったく気にする様子がない。

ちょっとは気にしてくれと思う。

「でもまあ、佐倉はそんなにうるさくねーし。一カ月くらいいいよ」

「うん。なるべく静かにしてます。私も男の人好きじゃないけど、一ノ瀬くんは高橋くんの親友だし、大丈夫だと思う」

「高橋のダチなら大丈夫って、なんでそうなるんだよ」

なんの根拠もない。

そう思ったのに、佐倉は予想外なことを言った。

「だって高橋くんはほかの男子とは違うもん。前に痴漢から助けてくれたし、がさつじゃないし、下心とかそういうの、全然ない人でしょ？」

痴漢から助けたって――。

それ、俺じゃね？

前に佐倉が電車の中で痴漢に遭っているのを目撃して、割って入ったことはまだ記憶に新しい。

いつも自分の身を挺して小柄なダチを守るように立っている佐倉のことは、実は前から気になっていたから、様子がおかしいことにはすぐに気づいた。

俺は不愛想だし、見た目も恐いとよく言われるから、痴漢を佐倉から引きはなして、そのあとのことを全部高橋に任せたんだよな。

つまり佐倉は勘違いし続けているわけか。

別にいいけど……なんとなく、面白くない。

佐倉になんとなく好かれていない自覚があるからなおさら。

っていうか、痴漢から助けてもらったくらいで、信頼しすぎだろ。

どうも佐倉は背が高くて勝気な目や性格をしているくせに、隙が多い。

おまけに誰かにあとをつけられたこともあると言いだすから、ますます心配になった。

これから一カ月一緒に住むわけだし……俺が気をつけて見てやらないと。

俺に妙な庇護欲を芽生えさせた佐倉を見下ろし、ふうーっと大きくため息をついた。

そのあと佐倉と別れて二階に上がると、春陽が自分の部屋のドアの隙間からこっちをじーっと睨んでいたのでギョッとした。

「……兄ちゃん、梓おねえちゃんのことどう思ってんの？」

「お前、まだ言うか」

「言っとくけど、俺本気だから。兄ちゃんみたいなむっつりに、おねえちゃんは渡さない」

まったく可愛げのないことを言って、弟は勢いよくドアを閉めた。

「どっちがむっつりだよ……」

痴漢もだけど、俺は弟からも佐倉を守らなきゃいけないのかもしれない。

キケンな同居生活!?

寝ぼけた頭のまま部屋の中を見回し、しばし固まる。

見慣れないアイボリーのカーテンを見て、そういえばここは一ノ瀬家の客間だったことを思い出した。

「ぐっすりだった……」

よそのお宅で眠れるだろうかと、布団に入るまでは不安だったけど、入ってしまえばスコンと眠りに落ちていた。

目覚めはよく、頭はスッキリとしている。

さあ、同居生活二日目のスタートだ。

「おはようございます、京子さん」

一階に下りると、京子さんがデニム地のエプロンを着てキッチンに立っていた。

姿勢のよい後ろ姿がかっこいい。

「おはよう、梓ちゃん。よく眠れた?」

「はい！　もうぐっすりでした」

「よかった。朝食はパンなんだけど、大丈夫？　一応ご飯もすぐ用意できるけど」

ふんわりとパンの香ばしい匂いがして、幸せな気分でうなずいた。

「うちも朝はパンが多いです。いい匂い！」

「ふふ。最近パン作りも始めたのよ。あとで感想聞かせてね」

焼きたてパンが朝から食べられるの、嬉しいなあ。とっても贅沢。

「京子さん。なにか手伝えることありますか？」

「あら、ありがと。でも朝は準備が大変だろうし、梓ちゃんは自分のことをしてね」

気を遣ってそう言ってくれた京子さんに感謝しつつも、迷ってしまう。

自分の準備って言っても、顔を洗ってご飯を食べたら、歯を磨いて着替えて学校に行くだけだ。

授業の準備は昨日のうちにすませてあるし、日焼け止めとリップクリームを塗るくらいで、メイクも全然しないし。

悩む私を見て、京子さんが「じゃあ」と提案してくれた。

「うちのデカいほうの息子、起こしてきてくれる？」

「え？　デカいほうって、一ノ瀬くんですか？」

「うちの子たち、そろって朝弱いのよ。ほら、小さいほうもそこのソファーに」

「えっ。あ、ほんとだ。春陽くんここにいたんですね」

ひょいとソファーをのぞき込むと、半分眠っているような顔の春陽くんが、クッションを抱えて横になっていた。

静かすぎて全然気づかなかった。

「春陽くん、おはよ」

「うー……」

「ほんとに朝弱いんだねぇ」

それにしても、天使は寝ぼけた顔も天使だ。

白いほっぺをツンツン突いても、春陽くんはちっとも起きようとしない。

一ノ瀬くんもこの調子だったとしたら、起こすのはたしかに大変そうだ。

「京子さん。一ノ瀬くんのこと起こしてきます」

「ありがとう。起きなかったらベッドから蹴り落としてもいいから、よろしくね」

料理をしながら、そんな物騒なことを言って笑う京子さん。

もしかして、毎朝蹴り起こしてるのかな。まさかね。

二階に上がり、一ノ瀬くんの部屋のドアを控えめにノックした。

返事がないので、今度はもう少し強くノックする。

それでも反応がないので「失礼しまーす」とおそるおそるドアを開けた。

一ノ瀬くんの部屋はモノトーンでシックな配色の部屋だった。大人っぽい彼のイメージにピッタリだ。

天井まである大きな本棚には本がぎっしり並び、壁には白黒の世界地図と、マロの写真が飾られている。広い机にはパソコンと、教科書類が積まれていて雑然としていた。

初めて男の子の部屋に入るせいか、ドキドキする。想像よりずっと綺麗。

声をかけながらそっとベッドに近づく。

「い、一ノ瀬くん……？」

声をかけても、ベッドの上で丸まった彼は返事をしない。

「一ノ瀬くん。朝だよ。起きて」

どうしよう。とりあえず揺すってみる？

それとも京子さんが言っていたように蹴り落す？

迷っていると、こちらに背を向ける形で寝ていた一ノ瀬くんが、ごろんと寝返りを打った。

その瞬間、あらわになった彼の寝顔に、心臓が撃ち抜かれるような衝撃を受けた。

「か……っ」

可愛いー!!

眉が寄ってない！　優しく下がってる！

まつ毛がすごく長くて影ができてる！

うっすらと開かれた唇は柔らかそうで無防備！

鉄仮面なんて呼ばれたり、私に皮肉げな笑いを浮かべて憎たらしいことを言ってくる人の寝顔とはとても思えない。国宝級と言っていいくらいの可愛さだ。

さすが兄弟。春陽くんの寝顔とよく似てる。天使の兄もまた、天使だったか……。

一ノ瀬くんのほうが大人だからか、明らかに魅力もパワーアップして見える。普段とのギャップも相まって、とんでもない破壊力だ。

いつもの鋭い雰囲気が消え、あどけなさすら感じる寝顔は、何時間でも眺めていられそう。

「肌、きれー……」

羨ましいくらいのきめ細かい玉の肌。

お手入れとかしてるのかな。洗面台に一ノ瀬くんが使っていそうな化粧水とかあったかな。

一ノ瀬くんの寝顔を見つめながらそんなことを考えていると、京子さんの呼ぶ声が下から聞こえてきてハッとした。

見惚れている場合じゃない！　起こしにきたんだった！

「い、一ノ瀬くん！　起きて！　朝ご飯だよ！」

「んー……」

「朝だよ、朝！　京子さんが呼んでるよ！」

「んぅー……」

ダメだ。全然起きない。本当に朝が弱いんだなあ。

返事をするようにうなってはいるけど、目はちっとも開きそうになかった。

仕方なく布団から出た肩を揺すり、今度は耳元で大声を出してみる。

「一ノ瀬くん！　おーきーて！　遅刻しちゃ……わっ⁉」

揺すっていた手を突然掴まれ、ベッドの中に引きずり込まれた。

そのうえ正面からギュッと抱きしめられ、思考と鼓動が一時停止する。

あったかい！　じゃなかった、近い……！

満員電車で、仕方なく男の人とも密着しなくちゃいけない状況とはわけが違う。

一ノ瀬くんのぽかぽかした体温と、ボディーソープの清潔な匂い、それから優しい鼓動に包まれて、頭が真っ白になった。

なんで私、男の人に抱きしめられてるの⁉

なんなのこの状況は……！

まともに呼吸もできず、意識を失いそうになったとき。

私を抱きしめている身体が、もぞもぞと身じろぎした。

「うーん……マロ？」

うなるように呟きながら、一ノ瀬くんがゆっくりと瞼をもち上げる。

そして寝ぼけまなこと目が合った瞬間――。

「わ……私はペットじゃなーい‼」

思わず目の前の白い頬を、全力で平手打ちしていた。

寝起きで混乱しているだろう一ノ瀬くんを放って、私は部屋を飛び出した。


「おーい。どうしたアズにゃ～ん」

「梓、大丈夫？　お腹でも痛い？」

小鳥たちの声に、机に突っ伏していた顔をもち上げた。

ふたりが心配そうに私を見下ろしている。

大好きなふたりの顔を見ていると、ちょっとだけ心が癒された。

「なんでもないよ～」

「梓、もしかして疲れてる？」

「朝からそんなにぐったりして、なにかあった？」

「やっぱり他人と同居するのって、大変なんじゃ……」

「いじめられたとか？　同居人のいびきがすごくて眠れなかったとか！」

「ううん。大丈夫……。ちょっと朝から衝撃的なことがあっただけ。ふたりとも気にしてくれてありがと」

そう、とても衝撃的だった。

まさかふだんはクールな態度で感じの悪い一ノ瀬くんの寝顔が、あんなにも可愛いなんて。

あまりのあどけなさに、思い出すだけでうっとりしそうになる。胸がキュッと締め付けられるように苦しくなって、たまらない。

ずるい。あれはずるい。可愛すぎてつらい。

そして可愛すぎるうえに寝相が悪いなんて最悪だ。

あんなふうに抱きしめられ、ビックリして心臓が止まるかと思ったけど、目の前にはあの破壊力抜群の寝顔があるものだから、パニックになって引っ叩いてしまった。

おかげで、さすがに一ノ瀬くんもバッチリ目覚めていたけど、怒ってたなあ。

みごとに私の手のあとがほっぺについちゃって腫れていたし。食事中もひと言も口を利いてくれなかったし。

でもさあ、あれ、私は悪くないよね？

いや、引っ叩いちゃったのはまずいけど、ベッドに引きずり込んだ一ノ瀬くんにだって問題はあるでしょ。

けど、あのほっぺ、痛そうだったなあ。

動揺しすぎて一ノ瀬くんの顔をまともに見られなくなった私は、朝イチで担任に呼ばれてる、なんて嘘をついて、いつもより早い電車に乗ってしまった。

せっかく京子さんがお弁当を作ってくれたのに、お礼もそこそこに家を飛びだしてきちゃったし。

謝ったほうがいいかなあ。

でも同居のことは秘密にするって決めたから、学校で話しかけるのは難しいし。

放課後まで待つか。

「千秋ってばそのほっぺどうしたの〜？」

悩んでいると、廊下のほうからそんな声が聞こえてきたのでそちらを見れば、ちょうど一ノ瀬くんがうちのクラスの前を通るところだった。

いつもどおり高橋くんと一緒で、森姉妹がその後ろをカモの雛のように追いかけている。

「うるせーな。弟とケンカしてやられたんだよ」

「え〜？　弟くん、小学生だっけ？　やんちゃなんだぁ」

「女だったら殺してやろうかと思ったけど、弟ならしょうがないね〜」

ひえ……！　私がやったってバレたら殺される⁉

絶対秘密にしないと。とくに森姉妹にバレたら命に関わる。

そうやって震えていると、ふと一ノ瀬くんがこっちを見た。

切れ長の黒い瞳と視線がぶつかる。

すると一ノ瀬くんはべえっと舌を出して、それから一瞬ニヤリと笑った。

く……！　やっぱり感じ悪～！

あの寝顔、実は幻だったんじゃないかな？

「あ～！　千秋笑ってる～？」

「なんで笑ってんの～？」

「あーもう。朝からうるせーっての」

一ノ瀬くんが森姉妹にまとわりつかれ、鬱陶しそうにしながら去っていく。

それに苦笑していた高橋くんが、教室にいる私に気づいてくれて、軽く手を振ってくれた。

それに手を振り返し、彼らが見えなくなってそっと息をつく。

一ノ瀬くんの寝顔はきっと幻だった。あの可愛さは思い出すと胸が苦しくなってつらいので、忘れよう。

高橋くんの爽やかな笑顔のほうが、ずっと心臓に優しい。癒される。

「あ。松井さーん。今日の日直って……」

そのときクラスメイトの男子が、にやけ顔で小鳥に近づいてきた。

また例の山田だった。

山田は私の視線に気づいて一瞬目を泳がせたけど、恐る恐るといった感じで持っていた日誌を小鳥にさしだした。

「ま、松井さん、日直だったよね？　さっき職員室に行ったら担任に頼まれたんだ」

「ありがとう山田くん」

「どういたしまして！　……じゃ、そういうことで」

小鳥に微笑みを向けられでれっとした山田だけど、すぐにハッとした顔で私を見ると、そそくさと逃げていった。

ふん。下心が見え見えだぞ山田。

「こらこら、アズにゃん。そんな睨まないの」

「別に睨んでないもん」

「めちゃくちゃ睨んでたじゃん。山田もビビって逃げちゃったじゃん」

呆れたようにミーナは言うと、なぜか私の頭をぐりぐりと撫でてきた。

「でも……睨むだけで威圧的に追い払わなくなっただけ、かなりの成長だよね」

「そうだね。さっそく男の子とのリハビリ同居の成果が出てるんじゃない？」

「えー……？」

たしかに口出しはしなかったけど、同居関係あるかなあ？

しかもまだ一泊しただけだし、そんなに早くなにかが変わるとは思えないんだけど。

でもふたりが妙に嬉しそうだったので、そういうことにしておこうか。

「男嫌いのアズにゃんをいきなりこんなに変えちゃうなんて、その小学生男子何者？」

「春陽くん？　ひと言で言うと天使かな」

「春陽くんっていうんだ。仲良くできてるみたいでよかった」

「こ、小鳥～！　私の妖精～！」

「天使だの妖精だの、アズにゃんてほんとメルヘンだよねー」

やれやれとミーナは笑うけど、そうじゃない。

小鳥や春陽くんの存在自体がメルヘンなんだ。私の頭がメルヘンなわけじゃない。

そう言おうとしたけど、「はいはい」と受け流される気がしたので黙っておいた。

昼休みになり、ランチバッグを開けると見慣れない黒のお弁当箱が入っていた。

あれ？　おかしいな。私のお弁当箱はピンクのはずなのに。しかもなんだかサイズがかなり大きいんだけど……。

そこまで考えてハッと気づいた。

これ、一ノ瀬くんのお弁当箱だ！　絶対そう！

私が朝急かしちゃったから、きっと京子さん、私と一ノ瀬くんのお弁当を入れまちがえちゃったんだ。

うわー……どうしよう。

「梓？　どうしたの？」

「アズにゃん、お弁当食べないの？」

いつもどおり、近くの机をくっつけてお弁当を用意する小鳥たちに、私は顔が引きつりそうになるのを我慢しながら立ち上がった。

このお弁当をふたりの前で出すのはたぶんまずい。

明らかに男の人サイズのお弁当箱だし、ふたりが気づかないわけがない。

「ええと、そ、そうだ！　私、中学のときの友だちに呼びだされてて！」

「そうなの？　じゃあその子と一緒にお弁当食べる？」

「う、うん。行ってきていいかな？」

ふたりは顔を見合わせ笑った。

「当たり前じゃーん」

「気にせず行ってきて」

「ありがとう！」

優しいふたりにまたあとでと声をかけ、小走りで教室を出た。

急がなきゃ。一ノ瀬くんのほうに私のお弁当が入っているとして、ピンク色の小さいお弁当箱なんて教室で出したら誰になにを言われるか。

周りに気づかれる前に交換しにいかないと！

でも一ノ瀬くんの教室の入り口に立ってから、はたと気づく。

ど、どうやって声をかけよう？

私が一ノ瀬くんを呼びだすなんてこと今までなかったし、きっと目立つよね。しかもこのクラスには森姉妹の姉がいる。大声で呼ぶのは絶対NGだ。

ちらりと教室をのぞくと、一ノ瀬くんがちょうど席についたところで、そこに森姉妹の姉が近づいていくのが見えた。

ついでに「千秋～！」と妹のほうも教室に現れて、一ノ瀬くんのほうに駆けていった。

こ、これは……さらに声をかけづらい状況になったんじゃ？

迷ってないでさっさと声をかけるのが正解だったか～！

ランチバッグを握りしめひとりであわあわ焦(あせ)っていると、誰かに肩を叩かれて飛びあがった。

「わっ⁉」

「佐倉さん？　うちのクラスになにか用？」

「あっ！　た、高橋くん」

振り返ると、高橋くんが爽やかな笑顔で私を見下ろしていた。

天の助け……！

私はひと目もはばからず、高橋くんの腕にすがりつく。

「高橋くん！　お願いがあるの！」

「え？　お願い？　俺に？」

「一ノ瀬くんに、廊下に出てきてほしいって伝えてもらえないかな？　ランチバッグを持ってって！」

高橋くんは不思議そうな顔をしたけど、私が必死なのを見て理由も聞かずに「いいよ」と快くうなずいてくれた。

なんていい人！　恩人にさらに恩ができてしまった！

「ちょっと待っててね」

そう言うと、さっそく高橋くんが教室に入っていく。

それをドアの影からそっと見守っていると、彼は窓際の席で森姉妹に挟まれている一ノ瀬くんに声をかけた。

「あっ！　私のことは黙って伝えてってお願いするの忘れた！」

だ、大丈夫かな。

森さんに私のことがバレたら、殺される……！

ハラハラしながら見守っていると、一ノ瀬くんが立ち上がった。しっかりランチバッグを持って席を離れたのが見えてほっとする。

よかった。さすが高橋くん。

「千秋、どこ行くの～？」

「お弁当食べないの～？」

文句を言う森姉妹を、高橋くんが「まあまあ」と笑顔で抑えてくれている。

ありがとう高橋くん！

あなたは私の恩人で、さらに救世主です！

ドアに隠れて救世主に拝んでいると、すぐに一ノ瀬くんが教室から出てきて、私を見てギョッとした顔をした。

「なにやってんだお前」

「一ノ瀬くん！　いやあ、ちょっと高橋くんに感謝の念を送ってたの」

「意味がわからん。廊下に出てこいってあいつに伝言頼んだのって、お前？」

「あ、そう！　はー、よかった。あのね、私と一ノ瀬くんのお弁当、入れまちがってたみたいで」

「弁当？　……ほんとだ。母さん入れまちがえたのか」

中を確認してため息をつく一ノ瀬くん。

やっぱり一ノ瀬くんも気づいていなかったんだ。

あのまま森姉妹の前で、私のお弁当を開ける事態にならずにすんでよかった。

私、危機一髪だった。

「私が今朝、京子さんのこと急かしちゃったからだと思う。ごめんね。これ、一ノ瀬くんのお弁当」

「ああ。わざわざ悪かったな」

廊下には生徒がたくさんいるので、ふたり並んで壁を作るようにして、隠しながらお弁当を交換する。

ふう。これでミッション完了。

助かった、と思ったとき「なにやってんの？」と声がしてギクリとした。

一ノ瀬くんの肩越しに、高橋くんがひょっこり顔を出している。

まさか今の、見られてた？

「そんなくっついて、いつの間にふたり仲良くなったんだ？」

「別になってない。つーか森姉妹どうしたんだよ」

「あっちは大丈夫。テキトーにごまかしておいたから」

よかった。お弁当の交換は見られてなかったみたい。

高橋くんにバレたとしても、彼は言いふらしたりはしないだろうけど、一ノ瀬くんとの約束だもんね。

「あ。高橋くん、さっきはありがとう！」

「どういたしまして？　なに。もしかしてふたりで弁当食べるの？　いいなあ。俺も仲間に入れてよ」

「えっ？　ええと、そういうことじゃなく」

一緒に食べるなんてとんでもない。

そう否定しようとしたのに、なぜか一ノ瀬くんは私をちらりと見てから「別にいいぞ」なんて言いだした。

ええっ？　いいの？　どういうこと？

「いえーい。どこで食べんの？　俺も一応弁当持ってきたけど」

「教室以外だな。できればあんま人がいないとこ」

「あー。森姉妹いるしね。じゃあ今日天気いいし、外で食べない？　人のいないいいとこ知ってるよ」

え。これ本当に一緒に食べるの？　三人で？

私がふたりのやりとりに呆然としていると、高橋くんが爽やかに笑って首を傾げた。

「佐倉さんは外でも大丈夫？」

「はぇ⁉　あ、だ、大丈夫です！」

「じゃあ決まり！　早く行こう。俺お腹すいちゃった～」

そう言ってお腹をさすりながら、高橋くんは先に歩きだす。

一ノ瀬くんと顔を見合わせ、微妙な空気を感じながらもそれに続いた。

これ、いいのかな？

一緒にいるところ人に見られて、秘密がバレたりしないかな？

そっと目だけで周囲を確認すると、女子たちの視線が集中しているのがわかり、冷や汗が出た。

私、大丈夫かな？　一ノ瀬くんも高橋くんも女子に人気なのに、私がふたりを独占してるみたいに見えてない？

ふたりのファンを敵に回すのも怖いし、噂が回って森姉妹に届くのはもっと怖い。

内心ガタガタ震えていると、横を歩く一ノ瀬くんが「大丈夫か」と声をかけてきた。

「なんかお前、ゾンビみたいな顔色になってるぞ」

「えっ。ゾンビって灰色じゃない？　私の顔灰色になってるの？」

「バカかお前は。比喩だよ、比喩」

だーかーら！　もう、言い方！

「っていうかそっちこそ大丈夫なの？　一緒にいたらバレるんじゃない？」

「バレたらお前のせいな」

「なんで⁉」

一緒に食べることになったのは一ノ瀬くんのせいだと思うんですけど！

あまりの理不尽に頬をふくらませていると、高橋くんが振り返り、私たちを見て意味ありげに笑った。

「驚いたなあ。ほんと、なにがきっかけでふたり仲良くなったの？」

「……別に。仲良くなってねーし」

つんとした顔で、一ノ瀬くんが歩調を早めた。

そのまま高橋くんを追い越していく。

「なに怒ってんだよ？」

「怒ってねー」

「ふうん？」

明らかに不機嫌そうな背中を見送り、私と高橋くんは顔を見合わせる。

ごまかすようにへらりと笑ってみせると、高橋くんはなにか考えるような仕草をしたけど、それ以上追及してくることはなかった。

はあ、助かった。

でもほんと、一ノ瀬くんてばなにを考えてるんだろう。

そのあと校舎裏のベンチで一緒にお弁当を食べているとき、

「なんかふたりの弁当の中身、似てない？」

と高橋くんに言われて焦った。

一ノ瀬くんは「気のせいだろ」と涼しい顔をしていたけど、よくそんな平然としていられるなと、ちょっと尊敬してしまったのだった。

慌てているのは私だけ。

たしかにこれは、バレたら私のせいになるだろうなあ。

ちなみに京子さんのお弁当は最高に美味しかったです。

明日からは私もお弁当を入れまちがえないよう、気をつけよう。


電車に揺られ中づり広告を見上げながら、少し違和感の残る喉をそっと撫でる。

久しぶりに学校帰り、小鳥たちとカラオケに寄り道した。

いっぱい歌って叫んで、喉がちょっと痛い。

アイドルソングが得意なミーナは、歌って踊ってそれを動画にしアップしていた。

歌はうまいし美人だから、動画投稿アプリではちょっとした有名人なのだ。

そして小鳥は実は音痴で、でも恥ずかしそうにしながらも一生懸命歌っている姿がほんと癒し。可愛い以外の言葉が出ない。

小鳥の動画を配信したら一気にトップスターに躍りでると、わりと本気で思う。

私はうまい下手はともかく、ボカロ曲から演歌までなんでもござれのオールラウンダーだ。

でもミーナにはいつも「選曲がマジオトコ受けしない」って酷評される。

ほっといてほしい。オトコ受けなんて考えてカラオケで歌えるか！

カラオケのドリンクコーナーで小鳥に吸い寄せられるように声をかけてきた男を威嚇したり、外に出たところで小鳥目当てにナンパしてきた男たちを追い払ったりしながら、ふたりと駅で別れた。

「小鳥のナイトするのもいいけど、アズにゃん目当ての男もいるんだから、自分のことも気をつけるんだよ？」

「そうだよ、梓。梓は可愛いんだから、もっと自覚してね？」

帰り際そんな的外れな心配をするふたりに「なに言ってんの～」と笑ったら怒られたけど、納得できない。

だって私みたいな大きくて可愛げのない女を狙う奴なんて、そうそういないでしょう。

私が男だったら、やっぱり小鳥みたいな可愛い子や、ミーナみたいな美人のほうがいいもん。

思い出して「ないない」と笑いそうになったとき、腰のあたりになにか固いものが当たった気がして眉を寄せた。

なんだろう、これ。誰かのカバン？

朝ほど電車内が混んでいるわけじゃないから、そっと立ち位置をずらしてみる。

固いものの感触はそれで消えたけど、すぐにまた腰のあたりに当たったのがわかってゾッとした。

まさか……痴漢？

前に小鳥と一緒に乗っていて痴漢に遭ったことを思い出し、身体が震え出す。

お、落ち着け私。

痴漢かどうかはまだわからないじゃん。たまたま当たってるだけかもしれないし。

そう祈って、また少し立つ場所をずらしたけれど、やっぱり固いものは追いかけてきた。

しかも今度はさっきより強く押しあててきた。

おまけに背後から荒い息遣いがかすかに聞こえてきて、鳥肌が立つ。

これ、絶対痴漢だ……！

なんで。なんで私に？

小鳥が一緒にいるわけでもないのに、どうして私みたいなのに？

声を、助けてって、声を出さなきゃ。

でも違ったら？　私の勘違いだったらどうする？

怖い。こんなに周りに人がいるのに、誰も気づいてくれない。

固いものが制服のスカートを押しあげてきたとき、電車が駅に着いた。

ドアが開いた瞬間、電車から逃げるように転がりでる。ホームにいた人たちはギョッとした顔をしていたけれど、構ってはいられなかった。

急いで階段をのぼり、改札を出たところでようやくほっとできた。

「一ノ瀬くんちの最寄り駅が、うちより近くてよかった……」

いつも使っている駅なら、あと二駅ぶん痴漢を我慢しなくちゃいけなかった。

まだ肩から力は抜けないけれど、もう大丈夫。

そう思った瞬間、なんだか嫌な視線を感じて振り返った。

改札からぞくぞくと人が出てくる。その中にさっきの痴漢がいるような気がして、ゾッとして駆けだした。

まさか、私を追いかけて痴漢が電車を降りた？

なんで？　あとをつけてどうする気？

怖くて振り返れない。振り返っちゃいけない。

振り返ったら最後、捕まってしまう予感に歯がカチカチ鳴る。

とにかく人のいるところ、それか交番に行かなきゃ。

交番ってこの辺だとどこになるんだっけ。

わからない。どうしよう。

怖い怖い怖い！

青信号が点滅している交差点を、強引に走って渡った。

それでもまだ、後ろから追いかけてきている気がして立ち止まれない。

頭が真っ白になり、どこに向かえばいいのかもわからなくなったとき、突然腕を掴まれて咄嗟に「やめて！」と叫んだ。

捕まった！　私どうなるの⁉

「おい、佐倉！　俺だ！」

「……え」

名前を呼ばれ、恐る恐る顔を上げると、くっきりと眉を寄せた一ノ瀬くんがそこにいた。

「い……一ノ瀬、くん？」

「どうしたんだよ、全力疾走して。危ねぇだろ」

ぶっきらぼうだけど心配してくれている声は、間違いなく一ノ瀬くんのもので、目の前の彼も本物で。

それがわかって私はへなへなとその場に座り込んだ。

「お、おい？　大丈夫か？」

「……一ノ瀬くん、どうしてここに？」

まだ彼は制服姿だった。

私が寄り道している間に、とっくに家に帰ったと思っていたのに。

「春陽に頼まれてた映画のＤＶＤレンタルしたあとそこの本屋寄ってて、今出てきたとこ。そしたらお前が赤信号なのにすげー顔して走ってたから」

「ギリギリ、青信号だったよ」

「いや。あれは赤だったね。……で？　お前は？」

一ノ瀬くんは、私と目線を合わせるようにしてしゃがみ込む。

その近さにびくりと震えてしまい、それを見た一ノ瀬くんは顔を険しくした。

「どうした」

「さっき、電車で……たぶん、痴漢みたいなのに遭って」

「なんかされたのか⁉」

「な、なにか固いのお尻に押しつけられて。でもすぐに駅に着いたから、電車降りて逃げたんだけど」

「……まさか」

辺りを見まわした一ノ瀬くんに、慌てて首を振る。

「あ、でも！　気のせいかもしれない！　痴漢もだし、そのあと追いかけられた気がしたのも、私の気のせいかも！」

「なんで。でも実際痴漢されて、追いかけられたんだろ」

「だって、自意識過剰かなって。私みたいなの狙う痴漢がそうそういるわけ――」

「こ……の、バカ！」

「ひえっ」

笑って冗談にしようとしたのに、いきなり大きな手で頬を挟まれ、上を向かされた。

真剣な顔をした一ノ瀬くんが、私をまっすぐに見つめている。

「い、一ノ瀬くん……怒ってる？」

「当たり前だろ！　なんでお前はそうなんだ！　前にも痴漢されただろ！　お前を狙う奴はいるんだよ！」

「でもあれは小鳥を狙って……」

「違う！　あれは最初からお前を狙ってたんだ！」

「そんなこと、どうして一ノ瀬くんにわかるの……？」

不思議に思って聞けば、一ノ瀬くんはなぜかぐっと押し黙る。

少ししてから「高橋がそう言ってた」と声をしぼりだすようにして言った。

あのときの痴漢が私目当てだったなんて、全然知らなかったんだけど、本当にそうなの？

「勘違いしてない？　小鳥を狙うならわかるけど、私を狙ったってしょうがないじゃん」

「だからお前は……。なんでそんなに自分を卑下（ひげ）すんだよ」

「別に卑下してるわけじゃないんだけど。だって小鳥のほうが数千倍可愛いのは事実で真理でしょ？」

「お前だって可愛いだろ」

「……は？」

今なにか、幻聴が聞こえたような。

一ノ瀬くんはしまったという顔をしてから、わざとらしく数回咳ばらいをした。

「とにかく、お前はもっと自覚しろ！　現に痴漢されてんだから、油断すんな！」

「そんなこと言われたって……」

「わかったな？」

「うー……。わ、わかりました」

納得いかないけど、今はうなずくしかない。

そんな私の考えを読んだように、一ノ瀬くんは深くため息をつき立ち上がる。

私も立とうとしたけど、腰が抜けたのか上手く足に力が入らない。

「どうした？」

「あはは……た、立てない。腰抜けちゃったみたい」

「はあ？　しょうがねぇな」

ほら、とさしだされた大きな手。

男の人にしては白くて綺麗だけど、しっかりと骨ばった手。

そっとその手に自分の手を重ねると、力強く握られる。

想像よりずっと、一ノ瀬くんの手は温かかった。

【side:CHIAKI】

「勘違いしてない？　小鳥を狙うならわかるけど、私を狙ったってしょうがないじゃん」

大真面目でそんなことを言う佐倉に、軽い頭痛を覚えた。

これ、本気で言ってるもんだから手に負えない。

「だから お前は……。なんでそんなに自分を卑下すんだよ」

「別に卑下してるわけじゃないんだけど。だって小鳥のほうが数千倍可愛いのは事実で真理でしょ？」

小鳥小鳥って、幼なじみだかなんだか知らないが、こいつの頭の中はダチのことばっかりだ。

自分の価値とか大切さとか、そういう感覚がまるでないのが腹立つ。

「お前だって可愛いだろ」

「……は？」

ぽかんと佐倉が口を開けたのでハッとした。

しまった。なに言ってんだ、俺。

こいつがあんまり自分ってものをわかってないから、ついイラッとして言ってしまった。

いや、だって、普通に可愛いだろ。

顔小さくて、スラッとして細くて、猫っぽい勝気そうな目とか、小さめの鼻とか、わりと好みだし。

絶対本人にはそんなこと言わねーけど。

俺の好みは置いておくとしても、一般の目で見て佐倉は可愛い。

電車でも学校でも、こいつをチラチラ見て気にしている男が多いことは気づいていた。

春陽だって年の差をものともせず、猫をかぶってまで佐倉を狙っている。

それなのに、小鳥とかいう存在のせいか、本人だけがそれをまっったくわかってないんだ。

ごまかすようにわざとらしい咳ばらいを数回して、佐倉を指さす。

「とにかく、お前はもっと自覚しろ！ 現に痴漢されてんだから、油断すんな！」

「そんなこと言われたって……」

「わかったな？」

「うー……。わ、わかりました」

渋々、といった感じでそう言った佐倉に、内心ため息をつく。

全然わかってないな、これは。

やっぱり俺が気をつけてやらないとダメだ。

本当に危ない目に遭ってからじゃ遅いんだ。

腰が抜けたと言う佐倉の手を引いて、家までの道を歩きだす。

ことあるごとに自分は可愛くない、女らしくないと言う佐倉だけど、繋いだ手はちょっと力を入れたら折れてしまうんじゃないかと、本気で心配になるくらい華奢だ。

冷たくなって震える手を、細心の注意を払ってしっかりと握りなおす。
こいつは俺が守らなきゃ。絶対に。

同居人の素顔

カーテンの隙間からもれる、柔らかな朝の光に照らされる寝顔に、私はほぅと熱いため息をもらした。

ああ、やっぱり今日も可愛い。

モノトーンでまとめられたこの部屋の主、一ノ瀬くんはまだベッドで夢の中。

なかなか彼が起きないのを幸いに、昨日に引き続き天使の寝顔をぞんぶんに堪能していた。

昨日あんなことがあったから部屋に入るのを迷ったけど、この寝顔が見たくて我慢できなかった。

ふだんは腹が立つほど感じ悪いのに、寝顔がこんなに可愛いなんてずるいよなあ。

まあ今日は大丈夫！

一ノ瀬くんに触れなければ、ベッドに引きずり込まれることもない！

思わずほっぺとか髪とか触りたくなっちゃう可愛さだから、我慢するのはつらいけど……。

そう思った直後、京子さんに呼ばれ、声に立ち上がろうとベッドに手をついたとき、その手を掴まれベッドに引き倒された。

「ちょっと、一ノ瀬くん⁉」

「マロー……」

ムニャムニャ言いながら、私を抱きしめ頬ずりしてくる一ノ瀬くん。

「だーかーらー！　私はマロじゃないってばー！」

結局今朝も、パシンと乾いた快音が響き渡ったのだった。

そしてそのあとの朝食の席では、再び頬に赤いもみじをつけた一ノ瀬くんが、むすっとした顔でパンをかじっている。

「兄ちゃん。梓おねえちゃんになにしたの？」

「うるせぇ」

「怪しい……。なんかいやらしいことしたんだ」

「黙って食え」

テーブルの下で、お互いの足を蹴りあう一ノ瀬兄弟。

私は聞こえていないフリでサラダをモシャモシャと食べる。

私、悪くないもん。寝ぼけて抱きついてくる一ノ瀬くんが悪いんだもん。

だいたい、私をマロと間違えるってどういうこと？

肌触りも大きさも全然違うじゃん。

「兄ちゃんばっかずるい。ねぇ梓おねえちゃん。明日は僕のこと起こして？　僕、梓おねえちゃんに起こしてもらえたら、スッキリ目が覚める気がする！」

春陽くんのそんな可愛いお願いに「もちろんいいよ！」と答えようとしたとき、一ノ瀬くんのげんこつが春陽くんの頭に落ちた。

「いったー⁉　兄ちゃんなにすんだよ！」

「調子乗んなっつっただろ。佐倉、こいつの部屋入んの禁止な」

「はあ⁉　ずるい！　おーぼーだ！」

「うるせぇこの猫っかぶりが！」

なぜこの見目麗（みめうるわ）しい兄弟は、顔を合わせるたびこうなんだろう。

毎日ケンカしてるのかなあと黙って眺めていると、京子さんが「うるさいわねぇ」とふたりに割って入った。

「あんたたちが梓ちゃん大好きなのはよくわかったから、黙って食べなさい」

その言葉に一ノ瀬くんが、飲んでいた牛乳を盛大に吹いた。

それをかぶった春陽くんが、またキャンキャンとマロのように怒りだす。

そのマロは足元でおとなしく朝ご飯を食べてるんだけど。

一ノ瀬家は今日も賑やかで、昨日嫌な目に遭ったことも忘れられるひとときだった。

ホームに並びながら、汚れた床にため息を落とす。

昨日の痴漢、さすがに朝はいないよね。

そうは思うけれど、あの嫌な感触が消えない状態で満員電車に乗るのは憂鬱でしかない。

さっきからため息ばかりの私に気づいているだろうけど、隣に立つ一ノ瀬くんはなにも言ってこなかった。

なのに電車がホームに滑り込んでくると「佐倉」と声をかけられ驚く。

どうしたの、と返す前に、電車のドアが開くと同時に手を握られた。

「え……」

「俺から離れんなよ」

そう言うと、人の流れに押されるまま電車の中へと入っていく。私の手をしっかりと握ったまま。

どうして？

いつもは電車に乗ると、自然と離れていたのに。

そうしないと、一緒に登校していると、バレてしまうかもしれないから。

それなのに今日の一ノ瀬くんは、電車が発進しても、私を腕の中に囲うようにしてすぐそばに立っている。

まるで、いつも私が小鳥にしていたみたいに、周りから私を守るようにして立っている。

お姫様を守るナイトのごとく、厳しい顔で周りを警戒しながら。

あえて車両の端っこに追いやられるようにして、彼は壁になってくれていた。

「一ノ瀬くん……」

いつもみたいに息苦しくない。

一ノ瀬くんが作ってくれた小さな空間に、私は痴漢からもほかの乗客からも守られている。

前は小鳥を守るために、毎朝ピリピリと神経を尖らせていた。

とにかく小鳥を守らなきゃって必死だったから。

満員電車にこんなに安心して乗るのは初めてだ。

「一ノ瀬くん。ありがとう」

絶対に聞こえているはずなのに、一ノ瀬くんは返事をしなかった。

でも見上げた顔がほんのりと赤く染まっていたから、もしかしたら照れてる？

一ノ瀬くんの制服のシャツからは、私と同じ洗剤の爽やかな香りがした。

そんなことをなぜか、嬉しいと感じる自分がいる。

同じ洗濯機で洗っているから当たり前のことなのに、どうして嬉しいんだろう。

電車を降りるとさすがに離れたけれど、改札を出るときに、「帰りも電車一緒に乗るから、先帰るなよ」と言われドキッとしてしまった。

「で、でも、また小鳥たちと遊びにいくこともあると思うし」

「そしたら迎えにいくから。とにかくひとりで電車に乗るな」

なんて、まるですごく大事にされているみたいに感じて、胸がいっぱいになった。

絶対だぞ、と言って先に学校へと歩きだした背中を見送り、どんどん熱くなっていく顔を覆う。

なに、今の。

こんなの、勘違いしそうになっちゃうじゃん。

いつもあんな憎たらしい感じなのに、ずるいよ一ノ瀬くん。

帰りは京子さんに頼まれて、一ノ瀬くんと駅前のスーパーに寄った。

【買い物は梓ちゃんにお願いするけど、荷物は全部千秋に持たせていいからね♥】

とメッセージにあって不思議だったんだけど、一ノ瀬くんに聞くと前に京子さんにおつかいを頼まれたけど、買ったものがことごとく微妙に違っていて呆れられたことがあるらしい。

牛豚合いびき肉を頼まれたのに、買っていったのは豚ひき肉とか。

中濃ソースを頼んだのに、ウスターソースを買っていったりとか。

それで信用をなくして、まったく買い物を頼まれなくなったそうだ。

「たいして変わんなくね？」

さっそく薄力粉と強力粉を間違えそうになった一ノ瀬くんが、カートを押しながら
面倒そうに呟く。

「いやあ。似てるけど、ちょっと……かなり違うんだよ」

「わからん。文句言うなら自分で行けっつーの」

私がカゴに入れていくものを、興味がなさそうに見てはそう繰り返す一ノ瀬くん。

「だって、キュウリとズッキーニじゃ、似てるけど全然違うでしょ？」

「いや、どっちも緑の野菜だし同じだろ？」

そりゃあ、大きくくくればそうだけど。

きゅうりは細くてぶつぶつしてるし、ズッキーニは太くてつるんとしてる。それに
食感もかなり違うと思うんだけどなあ。

「じゃあ、ピーマンとパプリカ！」

「もっと同じだろ」

「嘘でしょ……？　じゃあ、スイカとメロン！」

「それは違うな」

「だよね！　よかった！」

さすがにそれはない、と笑いあっていると、すれ違ったご婦人に「あらあ仲良しね。新婚さんみたい」と微笑まれ、恥ずかしかった。

一ノ瀬くんも顔を赤くしているし、気まずくて「なんかごめんね？」と謝ったら、なぜか怒られた。

怒られた意味がわからなかったけど、くすぐったい気持ちが残る。

私と一ノ瀬くんでも、並んで歩いていたらそういうふうに見えるんだなあ。

なんか……。

ちょっと、嬉しい？

うん。なんとなく、嬉しい気がする。

でも、どうして嬉しいなんて思うんだろ、私。

一ノ瀬くんがカートを押しながら振り向き、べぇっと舌を出して、笑った。

学校でも見た表情なのに、そのときは腹が立ったはずなのに、なぜか今は胸がドキドキしている。

本当に私、どうしちゃったんだろう。一ノ瀬くんの笑顔にこんなに動揺するなんて。

自分の胸に手を当てながら、不可解な変化に首をひねるしかなかった。

一ノ瀬家に居候を始めて、二週間が経った。

すっかりここでの生活にも慣れて、賑やかで楽しい毎日を送っている。

最初はどうなることかと思った一ノ瀬くんとの同居は、意外にも順風満帆で、自分でも驚きだ。

そして今朝もまた、私は寝起きの悪い一ノ瀬くんを起こす、という名目で彼の可愛すぎる寝顔を拝みにきている。

「はー……今日もまぶしいくらいに神々しい寝顔だわ」

伏せられた目は彼から刺々しさを奪い、高校男子とは思えない幼さを生みだしている。

ああ、ムズムズしてきた。

一ノ瀬くんの寝顔がかわいすぎて、あちこち撫でたりスリスリしたくてたまらなくなってきちゃうんだよね。

これはあれだ。赤ちゃんの寝顔を眺めているときみたいな気持ちに似てる。

可愛くてたまらなくていじりたおしたいけど、起こすのは忍びなくてもどかしいっていう、あの感じ。

顔にかかった前髪に触れるくらいいいかなあ。

つい欲が出てしまい伸ばした手を、パシリと掴まれた。

またこのパターン！

と思ったときには、ベッドに引きたおされている。

ギュウッと抱きしめられ、一ノ瀬くんの体温と匂いに包まれカチコチに固まった。

こうなるってわかってるのに、寝顔を見るのをやめられないのは、どうしたらいいの！

一ノ瀬くんの寝顔が可愛すぎてつらい！

「んん……マロ」

「だから、マロじゃないってば……」

腕の中から一応そう抗議すると、長いまつ毛を億劫そうにもち上げて、一ノ瀬くんが目を覚ました。

「……また来たの」

私を抱きしめたまま、まだ眠そうな声で一ノ瀬くんが呟く。

「部屋入んなっつっただろ……」

俺が男だってこと忘れてね？

なんてため息をつかれ、ムッとする。

いくら一ノ瀬くんの寝顔が可愛いからって、そんなの忘れるわけないじゃん。

「だって、一ノ瀬くん部屋の外から呼んでも全然起きないんだもん」

「母さんが今までやってたんだから、任せりゃいいんだよ。それとも……」

くるりと回転し、私が下、一ノ瀬くんが上と、まるで押し倒されるような体勢になってドキリとした。

垂れた髪の間で、切れ長の目が意地悪げに細められる。

「そんなに俺に押し倒されてーの？」

ムダに低くいい声で言われ、カッと顔が熱くなった。

「そ、そんなわけないでしょ！」

ボスンと枕を彼の整った顔に押しつけて、腕の中から逃れる。

ムダに整った顔で、朝から色気を振りまかないでほしい！

心臓に悪いんだから！

一ノ瀬くんはベッドに寝転がったままクツクツ笑って、私を流しみる。

「まあ、平手打ちされなくなったのは進歩だな」

「そりゃあ、毎朝叩いてたら、一ノ瀬くんの顔が変形しちゃうだろうし……」

一ノ瀬くんのファンに恨まれるのはごめんだ。

「それに手形つけて学校行くと、森姉妹に怪しまれるでしょ？」

「あー、あいつらな。マジうぜー」

大きなあくびをして、ようやくのそりと一ノ瀬くんは起きあがった。

あちこち跳ねた黒髪を見ると、つい撫でて整えたくなり、我慢するのに苦労する。

うずうずする右手をぎゅっと自分の胸に押し付けた。

やっぱり私、最近変かも。

男の人に対してこんなふうになるなんて、ちょっと前までは考えられなかった。

「お前、前より男に慣れてきたんじゃね？」

「えっ」

「平手打ちしなくなったじゃん。慣れてきたってことだろ」

「そ、そう……かな？」

よかったな、と言う一ノ瀬くんは、からかうんじゃなく真面目に言っていた。

それに微妙な気持ちになりながら、彼が着替えるというので部屋を出る。

「男に慣れたっていうか、一ノ瀬くんに慣れただけな気がする……」

廊下でひとり、ぽつりと呟いた。

だって一ノ瀬くんてば、行き帰りの電車の中では必ずそばに立って守ってくれるし、小鳥たちと約束して帰る時間がズレても、迎えにきてくれるし。

この間の休みのときなんか、私が小鳥たちと外出するって言ったら、自分はとくに予定がなかったのに送り迎えしてくれちゃうし。

そこまでされたら、慣れざるを得ないっていうか。

「面倒見がいいとか、意外すぎるよ、もう」

足元にマロが寄ってきて、つぶらな瞳で見上げてくる。

小さな体を抱き上げて、なぜだか熱くなる頬をごまかすように、白くふわふわな毛に顔をうずめた。

そういえば、マロに懐かれてお世話をしてるのもほとんど一ノ瀬くんなんだっけ。

私のこと、マロみたいに思ってるのかも。手のかかる奴って。

それはあんまり……嬉しくないなあ。

ますます微妙な気持ちになりながら、階段をした下りた。

毎朝一ノ瀬くんの寝顔を堪能すること以外にも、この二週間で日課というか、定番化したことがある。

それが今リビングのテーブルで現在進行形で進んでいる、夜の勉強会だ。

「梓おねえちゃーん。この問題ってどういう意味？」

「どれどれ？　ええと、時速六〇キロで走る電車があります……」

「おい、春陽。お前わかってる問題をわざと佐倉に聞くのやめろ。佐倉が自分の課題に集中できねーだろうが」

「はあ？　わからないから聞いてるし。兄ちゃんこそいちいち僕たちの勉強に割り込んでくるのやめてくれる？」

「最初に割り込んできたのはお前だろ……」

という感じで、勉強というか、それぞれが学校から出た宿題や課題を消化する時間が、夕食後にいつの間にか設けられていた。

最初は私がどうしても解けなかった問題を一ノ瀬くんに聞いて、彼の部屋で教えてもらってたんだけど、それを知った春陽くんが「兄ちゃんずるい！」と自分の宿題を持ち込むようになった。

さすがに一ノ瀬くんの部屋でやるにはテーブルが狭いので、こうして場所がリビングに変わったのだ。

「私は全然大丈夫だよ？　でもそんなに勉強できるほうじゃないし、私の教え方、わかりにくくない？」

「全然！　梓おねえちゃんの教え方、優しくて好き！」

「ほんとに？　一ノ瀬くんに教えてもらったほうがきっと確実だと……」

「兄ちゃんは教え方が〝わかってて当然〟って感じだからダメ！」

「うるせぇよ」

なるほどなあ。

天才は感覚で教えるっていうし、そういう意味では私が教えるほうがいいのかも。

相変わらず一ノ瀬兄弟はいつでもどこでもケンカばかりだけど、これが彼らなりのコミュニケーションなんだろうなと、今はあまり気にしてない。

一ノ瀬くんは弟を〝猫っかぶり〟と言ってすぐ化けの皮がはがれるなんてバカにしていたけれど、二週間たっても春陽くんは天使のままだ。

時々小悪魔っぽい表情はするけど、春陽くんの愛らしさに変わりはないので、男兄弟特有の軽口なのかなあと思っている。

「梓おねえちゃん。これで合ってる？」

「うん。正解！　さすが春陽くん、飲み込みがはやいね〜！」

小さな頭を撫でくり回すと、春陽くんはそれはもう嬉しそうに笑ってくれるから、こっちも撫でがいがあるってものだ。

ほんと、こんなに可愛い弟がいる一ノ瀬くんが羨ましい！　心から羨ましい！

「俺は弟の将来が心配になってきた」

「あら偶然ね。私もよ……」

一ノ瀬くんと京子さんがふたりそろってそんなことを言っていたけれど、どういう意味だろう？

可愛すぎて変な女に引っかからないか心配って意味かな。

それは私もすごく心配だからわかる！

「梓おねえちゃん大好き！」

「私もだよ～！　春陽くん、ずっとこのままでいてね！」

中学生になっても、どうか素直で純粋な天使のままでいてほしい。

春陽くんを抱きしめそう言えば、一ノ瀬くんと京子さんから同時にため息が聞こえてきたのだった。


課題をしていてシャーペンの芯がなくなったことに気づき、お風呂のあとコンビニへと向かった。

けれど一ノ瀬家を出てすぐ、角を曲がる前に後ろからキャンと鳴き声がして振り返る。

一ノ瀬くんがマロを連れて、家を出てきたところだった。

「一ノ瀬くん、今からマロの散歩？」

「バカ。お前を追いかけてきたんだよ」

軽く頭を小突かれて、驚いて自分を指さした。

「えっ。わ、私？」

「夜に女ひとりで出歩くんじゃねーよ。危ないだろうが」

「ごめん。シャーペンの芯が切れちゃったから、コンビニに買いにいこうと思って」

言い訳をすると、さらに「バカ」と重ねて言われる。

「俺に言えよ。予備の芯くらいやるっつーの」

「ちょっとそれは考えたけど、悪いかなあって」

「それくらいいいって。それ以外でも夜に外出るときは、俺に一声かけろよな。心配するだろ」

「あ、ありがとう……」

そうか、心配してくれるんだ。

それはそうだよね。他所の家の娘を預かってるのに、勝手に夜出歩かれてなにかあったらまずいもん。

なんて理由をつけてはみるものの、それだけじゃないことはもう私にもわかっていた。

一ノ瀬くんは、口は悪いし憎たらしいところはあるけど、根っこはとても面倒見のいい優しい人なんだ。

二週間も一緒に生活していれば、気づかないわけがない。

私にとって一ノ瀬くんは、高橋くんに続いて、信頼できる男の人になっていた。

いつもと違う時間帯の散歩が嬉しいのか、リードの先のマロがキャンとまた鳴く。

「ねぇ、一ノ瀬くん。私がマロのリード持ってもいい？」

「別にいいけど」

「やった！　犬の散歩するの、実は憧れだったんだ」

大型犬には力で負けて振り回されそうだけど、小さなマロなら大丈夫。優雅にお散歩できるはず。

そう思って一ノ瀬くんからリードを受けとった瞬間、ぐんとマロが突然走りだし、その勢いで前につんのめった。

「わっ」

「マロ、ステイ！」

慌てて一ノ瀬くんが、私の手ごとリードを引っ張る。

マロは一ノ瀬くんのかけ声にピシッと反応し、その場に行儀よくお座りした。

さすが、マロが一番懐いてる飼い主さまのひと声だ。

ああ、ビックリした……。

「大丈夫か佐倉」

「う、うん。マロ、小さいのにすごいパワーだね？　こんなに力があるなんて思わなかった」

「意外とな。つーかお前が非力すぎんじゃね？」

「ええ？　そんなことないよ。女子の中ではかなり力あるほうだもん」

唇を尖らせた私を、一ノ瀬くんは鼻で笑う。

「こんなに腕ほっせーのに？」

私の手を掴んだまま、腕をぴたりとくっつけてくる一ノ瀬くん。

その体温と、しっかりと筋肉のついた男の人の腕に心臓が跳ねた。

ほらな、と言われ、反論できなかった。

細身に見えている一ノ瀬くんでも、こんなに腕の太さが違うなんて。

「佐倉はすぐそうやって、自分は女子らしくないって感じでふるまうけどさ。どう見ても女だよ、お前は」

「そんなふうに言われたこと、一度もないよ……」

「じゃあ俺が何度でも言ってやる。お前は女だ。なのに強いフリするから、危なっかしくて目がはなせない」

そう言うと、一ノ瀬くんは私の手ごとリードを掴んだまま歩きだす。

ゆるめられないその手の温かさにどぎまぎしながら、私も黙って彼の隣を歩いた。

まるで自分が、守られるべきか弱い女の子みたいになったような錯覚に陥って、一ノ瀬くんが守ってくれるナイトみたいに見えてきて、どうしたらいいのかわからない。

ナイトは、小鳥を守る私のほうだったのに……。

けれど一ノ瀬くんの隣は、なんだか泣きたくなってくるほど、居心地がよかった。

雨は嫌いじゃない。

でも雨の日の電車の中は、ちょっとこもった匂いがするから苦手なんだよなあ。

そんなことを思いながら、生徒玄関前に立ち、雨の降り始めた空を見上げる。

天気予報ではくもり時々雨と言っていたけれど、雲の色は濃く、まだ雨脚は強くなりそうで、しばらく降り続くかもしれない。

今日は掃除当番だったから、少し帰るのが遅くなった。

一ノ瀬くんはきっともう駅に着いていて、私が来るのを待ってくれているだろう。

早く行かなきゃ、と傘をさそうとしたとき「ヤバい雨強くなってる！」と言いながら男子が隣に立った。

「え？　高橋くん？」

「あ。佐倉さん！　今帰り？」

サッカー部のジャージを着た高橋くんだった。

綺麗に染まった茶髪を、ヘアバンドで上げている彼は、いつもと印象が少し違って見える。

よく見ると彼の隣には、同じジャージ姿の女子生徒がいた。

長い黒髪をポニーテールにしていて、白くほっそりとした首があらわになっている。

女の私から見ても、ちょっとドキッとしてしまうような美女だった。

「うん。掃除が終わって、今から帰るところ。高橋くんは部活？」

「そう。スポドリ切れちゃって買いだし頼まれたんだけど……雨すごいね」

「そうだね。止みそうにはないね」

「さっきまで小雨だったから、すぐ止むかと思ったんだけどなあ。由奈先輩、どうします？」

　隣の人は、先輩だったらしい。マネージャーさんかな。

　そういえばサッカー部には、マドンナと呼ばれる美人の先輩がいるって聞いたことがある。きっとこの人のことだ。

「どうしよっか。私の傘、部活棟の更衣室に置いてきちゃった」

「俺もっす。ちょっと面倒だけど、取りにいきますか」

「そうだね。それがいいかも」

　間に合うかな、と先輩が腕時計を見た瞬間、私は無意識に持っていた傘を差しだしていた。

「あ、あの。よかったら使ってください」

　突然の私の申し出に、サッカー部のふたりは目を丸くする。

「え……でも、あなたが濡れちゃうんじゃ」

「大丈夫です！　私、折り畳み傘も持ってきてるんで」

「でも……」

「ほんとにいいの？　佐倉さん」

高橋くんに心配そうな顔を向けられ、大げさなくらい笑って見せた。

「もちろん！　時間ないんだよね？　遠慮なく使って！」

強引に傘を押しつける私に、高橋くんは困ったように笑ってうなずいてくれた。

「ありがとう、佐倉さん。すごく助かる。明日絶対返すから」

「うん。気をつけてね。部活がんばって！」

「ほんとありがとう！　由奈先輩、行きましょう」

「うん……」

由奈先輩という人は、私に気遣うような視線を向けてきたけれど、私はなにも問題ないというふうに笑顔でふたりを見つめた。

高橋くんが広げた傘に、華奢な先輩が入る。

「ありがとね、佐倉さん！」

高橋くんは律儀に私に手を振ると、先輩と一緒に駆け足で雨の中校門へとまっすぐ向かう。

跳ねる雨水と足音が消えるまで、私はふたりを見送った。

そして玄関前にひとり残された私は、再び空を見上げため息をつく。

「さあて、どうしようかな」

折り畳み傘を持っている、なんていうのは嘘だ。傘は高橋くんたちに貸した、あの一本しか持ってきていない。

これは濡れて帰るしかないなあ。

でも後悔はしていなかった。

だって高橋くん、困っていたし。私は彼の力になりたかったから。

高橋くんは私の、私と小鳥の恩人だから、ずっとどうしたら恩を返せるかなって思ってたんだ。

傘を持ってきていてよかった。

「……よし！」

満足した気持ちで、鞄を頭の上にかかげながら、雨の中へと飛び込んだ。


三回連続くしゃみをしたところで、ノックの音がした。

どうぞと促せば、制服を着た一ノ瀬くんが顔を出す。

「一ノ瀬くん……ひとりで起きられたんだね」

今朝は天使の寝顔が見られなくて残念だったなあ。毎日の楽しみだったのに。

それが顔に出ていたのか、一ノ瀬くんに呆れた目を向けられてしまった。

「珍しく寝込みを襲いにこないと思ったら、熱だって？」

「私的には、起こしにいってたつもりだったんだけど……」

むしろ襲われていたのはこちらの方では？

そう言おうとして、またくしゃみが出てしまう。

ぶるっと身体が震え、布団をぐいっと引き寄せる。寒い。

「昨日ずぶ濡れになったからな。ったく、雨降ってんのに傘忘れるバカがどこにいるんだよ」

「あはは……。ごめんなさい」

昨日高橋くんに傘を貸したあと、駅まで全速力で走ったのだけれど、やっぱり全身びしょ濡れになってしまった。

駅で待っていた一ノ瀬くんにはすごく怒られたけど、上着を貸してくれた彼は本当に優しい。

電車内のクーラーで濡れた身体が冷えてしまい、どんどん寒くなっていったから、まずいなあと自分でも思ってはいたんだけど……。

「風邪なんて滅多にひかないのに、京子さんにも迷惑かけちゃった」

「そこは気にすんな。俺らも風邪なんかひかないから、母さんは久しぶりに看病できるってはりきってたぞ。病院は行かないのか？」

「薬飲んだし、そこまでの熱じゃないよ。すぐ治ると思うから、おとなしく寝てる」

あったかくしていれば、きっと大丈夫だ。

病院まで付き添ってもらうなんて申し訳ないし、これ以上迷惑はかけたくなかった。

「そうか。母さん、午後から用事があって出かけるらしいけど」

「うん。聞いた。子どもじゃないし、ひとりでも平気だよ」

ガタガタ震えながら笑ってみせれば、困ったような顔をされる。

「……なるべく早く帰ってくるから」

そう言うと、一ノ瀬くんは私の前髪をすいて、部屋を出ていく。

その背中を見送りながら、ちょっとだけ、寂しいと思ってしまった。

「兄ちゃん。梓おねえちゃん大丈夫?」

「薬は飲んだからあとは寝てれば治るって。静かにしてやろう」

「うん……」

廊下から春陽くんの元気のない声が聞こえてきて、頬がゆるむ。

心配してくれてる。兄弟そろって優しいな。

早く治さなくちゃ。

布団をしっかりかぶり、目を閉じる。

吐いた息はいつもよりずっと熱く、湿っぽかった。

次に目を開けたとき、壁の時計は午後一時を過ぎたところだった。

ずいぶん寝たけど、まだ身体は熱いし頭は重い。

少しは熱も下がっただろうか。

「薬飲まなきゃ……」

京子さんが枕元に置いていってくれた、ミネラルウォーターのペットボトルに手を伸ばす。

あまり食欲はないけど、なにか食べてから薬を飲まないと。

もう京子さんは出かけているんだろう。家の中は静まり返っている。

心細くなったけれど、しっかりしろと自分に言い聞かせた。

おかゆを作ってくれているはずだから、温めにいこう。

そう思い身体を起こそうとしたとき、カチャリとドアノブが回る音がして驚いた。

京子さん、まだ出かけてなかったのか。

けれど顔を出したのが京子さんじゃなく、一ノ瀬くんだったので思わず持っていたペットボトルを落としてしまった。

「起きてたのか」

ほっとしたように笑って入ってくる一ノ瀬くん。

まだ制服を着ているので、ますます驚いた。

「熱はどう？　測ったか？」

「ま、まだだけど。あの、どうして一ノ瀬くんがいるの……？」

「適当に理由つけて早退してきた」

「どうして」

「……母さん出かけてお前が家にひとりって考えたら、落ち着かなくて」

ちょっと早口でそう言うと、一ノ瀬くんは私のおでこにそっと触れてきた。

大きな手はいつもよりひんやりしている。

「まだ熱はあるな。薬は？　昼飯食ってない？」

「うん。まだ。いまおかゆ温めにいこうかなと思ってたとこ」

「俺が温めてくるから、お前は寝てろ。ほかになんか食いたいもんとかある？」

「ううん。あんまり食欲なくて……」

正直おかゆもあまり食べられないと思う。

一ノ瀬くんは「わかった」と言うと、私の熱をおびた頬を撫で、微笑んだ。

一ノ瀬くんが笑ってる……。

慈愛に満ちたような笑顔を見て、ほっと身体から力が抜ける。

寂しさや心細さが、フッと煙のように消えていった。

「佐倉。お前昨日、高橋に傘貸したんだって？」

何気ない調子で言われ、「うん」と返事をしてからハッとした。

「どうして、それを……」

「高橋が傘返そうとお前の教室に行ったら、休みだって聞いたらしくて騒いでたぞ。きっと自分のせいだって。なんで折りたたみ傘持ってるなんて嘘ついたんだよ」

「だって、部活の先輩も一緒で、高橋くん困ってたし。恩返しできるかなって思って」

「恩返し？」

いぶかしげに眉を寄せる一ノ瀬くんに、うなずく。

「前に電車で痴漢に遭ったとき、高橋くんに助けてもらったから。いつか恩返ししたいって、ずっと思ってたんだ。それが叶ったから、全然後悔してないよ」

風邪をひいたのが高橋くんじゃなく、私でよかった。

高橋くんが風邪をひいたら、部活も休まなきゃいけなくなっちゃうもんね。

一生懸命がんばってるのに、それはかわいそうだ。

「お前って……」

深々とため息をついた一ノ瀬くんに、布団の中で首を傾げる。

もしかして、呆れちゃったかな。バカな奴って。

私の視線に気づくと、一ノ瀬くんは軽く頭を振り、笑う。

「なんでもない。待ってろ。今用意してくる」

「あ。あの、一ノ瀬くん」

「うん?」

「ええと……あり、がとう」

半分布団で顔を隠しながらお礼を言えば、なぜか彼は吹きだした。

軽く手を振り出ていったけど、その背中もまだ笑いを引きずっているようで、ムッとする。

せっかく素直にお礼が言えたのに。

そう口を尖らせてはみるものの、一ノ瀬くんが笑ってくれたことが嬉しくて、気恥ずかしさをすぐに忘れ、私も布団の中でこっそり笑った。

一ノ瀬くんの看病のおかげか、次の日にはすっかり熱も下がり、全快できた。

「あんま心配かけんなよ」

ほっとしたような顔で彼に言われ、なぜか頬が熱くなり、また熱が出たんじゃないかと心配されてしまった。

たしかに私、なにか別の病気がまだあるのかもしれない。

最近コントロールの難しい胸を押さえ、そんなことを思った。

【side:CHIAKI】

「前に電車で痴漢に遭ったとき、高橋くんに助けてもらったから。いつか恩返ししたいって、ずっと思ってたんだ。それが叶ったから、全然後悔してないよ」

熱で苦しそうな顔をしながらも、澄んだ目をしてそう言い切った佐倉。

「お前って……」

真面目というか、素直というか、お人よしというか。

何度俺をこんな気持ちにさせれば気がすむんだ。

痴漢から助けたのは俺！

お前が高橋に恩返しする必要はみじんもない！　というか恩自体ない！

呆れるやら腹立たしいやらで、ため息しか出てこない。

そのあと、薬を飲んで眠った佐倉の看病をしながら、自分の気持ちと向き合った。

熱に浮かされている佐倉のおでこを、冷たいタオルでぬぐってやると、ふっと表情がゆるんで落ちついた寝息をたてはじめる。

可愛いなと思った。

くるんとカールした長いまつ毛が、時折震える。

白い頬は熱で淡く染まり、薄く開かれた唇からもれる吐息にさえ、色がついているように見えた。

汗で貼りつく彼女の髪をよけながら、そっと笑った。

俺の寝顔が可愛いとか騒いでたけど、自分こそじゃん。

こいつって、こんな可愛い顔で寝てたんだ。

今まで見ていなかったのを後悔するくらい、佐倉の寝顔は可愛かった。

「あー……やっぱ、そういうことだよなぁ」

自分の髪をくしゃりとかきまぜ、小さくうめく。

いつもより速い鼓動が、真実を物語っていた。

俺は佐倉のことを、特別に想っているらしい。

佐倉が眠っているのをいいことに、この花びらみたいな唇に、キスしたいなんて考えるくらいには。

いや、やらないけど。そこまで最低な男じゃないつもりだ。

「でも……叶わないなら、いっそしちゃうのもアリか？」

だってこいつ、アレだろ？

やっぱり高橋のことが好きなんだよな？

なにかにつけて高橋は特別だと言ってるし、俺を含めたほかの男への態度と、高橋に対する態度が明らかに違う。

恋を自覚すると同時に失恋って、笑えねー。

あのとき痴漢から助けたのは、高橋じゃなく俺だって言うか？

いや、今さらだ。それにわざわざ自分から言うなんて、かっこ悪くてできるか。

布団から佐倉の手を出して、優しく握る。

まあ、佐倉が誰を好きだろうと、俺以外の奴を想っていようと、こいつを守りたいという気持ちに変わりはない。

「佐倉……俺を見ろよ」

俺の情けない呟きは、誰にも届くことなくこぼれて消えた。

この同居
問題あり！

風邪が治って学校に行くと、高橋くんに何度も頭を下げられた。

俺のせいでごめん。すごく助かった。ありがとう。本当にごめん、と。

私がそうしたくて貸したんだから気にしないでと言ったんだけど、本当にショックを受けたみたいで、失敗したなあと思った。

いくら恩を返したくても、嘘をつくのはよくなかったな。高橋くんにこんなに頭を下げさせることになるとは予想していなかった。

次は相手の負担にならない方法で力になろう。

「梓、すぐに帰る?」

「これからクラスの女子でカラオケ行くことになってたんだけど、アズにゃんは無理そう?」

放課後、小鳥とミーナに声をかけられ、少し考える。

もうすっかり熱も下がって元気だけど、昨日の今日だしなあ。

「うーん。今日はやめとく。ごめんね」

「そうだよね。ぶり返したらよくないし」

「そっかあ。そうだね。ゆっくり休んで、またうちらとカラオケ行こうね！」

ぞろぞろとカラオケに行く女子たちが、集団で教室を出ていくのを見送って、のんびりと帰る支度をする。

ちょっと疲れたけど、熱っぽい感じはないし、もう大丈夫だろう。

一ノ瀬家のみんなに心配かけたし、お世話にもなったし、お礼になにか買って帰ろうかな。

なにがいいかな。ケーキ、プリン、ゼリー、それともアイス。

一ノ瀬くんに相談してみようかな。

廊下に出て、ちらりと隣のクラスをのぞいてみたけれど、一ノ瀬くんの姿はなかった。

もう駅に向かったのかな。のんびりしすぎたか。

ちょっと急ごうと階段を駆けおりたところで、一ノ瀬くんの声が聞こえた気がして立ち止まる。

左右を見たけれど、彼の姿は見当たらない。

気のせいかと思ったけど、階段下のふだん資材置き場になっているスペースから話し声がして、そっとのぞいてみた。

そしてすぐ、自分の行動を後悔した。

一ノ瀬くんはいた。

でも、ひとりじゃない。女子とふたりだった。相手は森姉妹のどちらかだ。

似ている姉妹なのですぐにどちらか判別することはできない。

ふたりの横顔は、重なっていた。

一ノ瀬くんが壁を背にする形で、ふたりはキスをしていた。

思わず後ずさりした私の背に、なにかがぶつかる。

驚いて振り返ると、今しがた一ノ瀬くんとキスをしていた女子と、同じ顔がすぐそばにあって、悲鳴を上げるところだった。

「あんた、佐倉梓？」

「そ……そう、ですけど」

ちらりと髪の結び方を確認する。

相手は森姉妹の姉、森美鈴だった。

ということは、今一ノ瀬くんといるのは妹のほうか。森五鈴さんと、キスしてたんだ。

「最近千秋に絡んでるって聞いたけど、マジ？」

「か、絡んでるなんて、そんなことは」

もしかして噂になっているのかな。

行き帰りの電車の中で一緒にいれば、誰かに見られていても不思議じゃない。

いつかはこうなると、私も頭ではわかっていた。

「昼休みに一緒にお弁当食べてたって聞いたけど」

「それは、た、高橋くんが一緒で。一ノ瀬くんとどうこうってわけじゃ……」

言い訳する私に、森さんは舌打ちして詰め寄ってきた。

「今の見てたんでしょ？　意味わかるよね？　千秋は五鈴とそういう関係なの。邪魔しないでくんない？」

「別に、邪魔なんて……」

モヤモヤした気持ちで森さんを見返す。私のことが心底嫌い、という顔だ。

わからない。どうして私がそこまで嫌われるのか。どうして森さんが、ここまで怒っているのか。

「妹さんと一ノ瀬くんが、付き合ってるの？」

「そうだって言ってんでしょ」

「じゃあ、あなたは？」

「はあ？」

「あなたは、一ノ瀬くんのことが好きなわけじゃないの……？」

いつか、聞いてみたいと思っていた。

好きなのか、それとは別なのか。好きだとしたら妹と同じ人を好きになってどんな気持ちでいるのか。

人を好きになるって、どういうことなのか。

けれど森さんはサッと顔を赤くすると、ますますきつく私を睨んだ。

「バカにしてんの⁉ なんであんたにそんなこと言わなきゃいけないわけ！」

ドンと突き飛ばされてよろめく。

「とにかく千秋に近づいてんじゃねぇよ。目ざわり」

冷ややかな目を向けられ、私はその場から逃げだした。

森さんが怖かったのもあるけど、それ以上にあの場にいたくなかった。

一ノ瀬くんがキスをしていたことが、自分でも驚くくらいショックだった。

どうして私がこんなにショックを受けているんだろう。

わからない。わからないけど、すごく嫌だった。

胸の中を、ぐちゃぐちゃにかき回されるような不快感に涙がこぼれる。

鬱陶しいって、付き合ってないって言ってたのに、嘘だったの？

ひどい。嘘つき。私のことだまして、からかってたんだ。

ひどい。バカ。バカバカバカ。

一ノ瀬くんなんて、大嫌い。

気づけば一ノ瀬くんを待つことなく、ひとりで電車に乗っていた。

一ノ瀬くんの家の最寄り駅で降りたところでハッとして、慌ててスマホを見る。

彼からメッセージがいくつも来ていた。

【駅着いた】

【今どこにいる？】

【学校か】

【先に帰ったのか？】

返事をしたくなかったけど、このままにしていたら永遠に一ノ瀬くんを待たせることになってしまう。

仕方なく【先に帰ります】とメッセージを打った。

京子さんからも【梓ちゃんごめんね。帰りにコンソメ買ってきてくれる？】というメッセージが来ていたので、【了解です！】と返事をしてから、スマホの電源を落とした。

一ノ瀬くんからどうして先に行ったと電話がきても困るから。そんな電話、かかってこないかもしれないけれど。

ため息をつきながら駅を出て、スーパーに向かう。

どうして私、こんなにイライラしてるんだろう。

イライラというか、モヤモヤ？　とにかくいい気分じゃないのはたしかだ。

別に一ノ瀬くんが森姉妹とそういう関係だったとしても、私がどうこう言える立場ではないのに。

嘘をつかれていたとしても、それもたいした問題じゃない。

人を好きになるのは自由だ。付き合うのも、キスするのも自由。

それなのに……私はなにが気に入らないんだろう。

学校で目撃してしまったキスシーンを思い出しかけて、ぶんぶんと頭を振る。ふたりの重なったシルエットを、記憶から消し去ってしまいたかった。

最寄りのスーパーでコンソメと、一緒にプリンを買った。

私と京子さんと、春陽くんのぶんで三つ。

一ノ瀬くんの分は買ってあげない。

森さんとデートしてどこかで食べればいいと思う。

一ノ瀬くんの顔を思い出しながら、フンと鼻息荒くお店を出たものの、一ノ瀬家へと足を向けたとたん、動けなくなった。

「帰ったら、一ノ瀬くんと顔合わせることになるんだよね……」

当たり前だ。一ノ瀬くんのお家なんだから。

きっと彼はすぐに帰ってきて、私が先に帰ったことを怒るだろう。怒りたいのは私のほうなのに。

「いや、私に怒る理由はないんだけどさ。……あーもう、どんな顔して会えばいいの」

どこかで時間を潰して帰ろうか。

でも京子さん、コンソメすぐに使いたいのかもしれないし。私もプリン買っちゃったから、早く冷蔵庫に入れなきゃいけないし。

「仕方ない。帰るか……」

迷いに迷って、結局重い足を引きずるように歩きだす。数メートルごとに出るため息が、余計に気分を暗くさせた。

先に帰った理由はなんにしよう。一ノ瀬くんに問い詰められたら、どう言い訳しよう。

そんなことを考えながら歩いていると、後ろで足音が聞こえた気がしてなんとなく振り返る。

まだ人通りの多い道だけど、そばを歩いている人は見当たらない。

気のせいか、とビニール袋を持ち直しまた歩きだす。

ひとりきりで歩くのが久しぶりだから、敏感になっているのかもしれない。

そう思ったのだけれど、ひと気のない道まで来たとき、また人の気配がして振り返った。

けれどやはりそこには誰もいない。

いないのに、なぜか視線のようなものを感じてゾッとした。

きっと気のせいだ。誰もいないもん。

自分にそう言い聞かせ、かすかに震える足をごまかすようにしてまた歩きだす。自然と早足になり、心臓がドクドクと鼓動を激しくしていく。

そしてまた、足音がした。

気のせいじゃない……？

誰かがあとをつけてきている。

そう思った瞬間、駆けだしていた。

もうなにも考えられない。無我夢中で走る私の耳に、同じように駆けてくる足音が聞こえてきて、確信した。

誰かがいる。追いかけてくる。

全力で走る私を、追いかけてくる。

半分パニックになりながらも、足は止めずに鞄をさぐる。

スマホで誰か、警察か、とにかく助けを求めなくちゃ。

あとはもう、一ノ瀬くんの家に一秒でも早くたどりつくことしか頭になかった。

なんで？　どうして？

一体誰が？

恐怖でいっぱいになったとき、スマホに電源が入り、その瞬間着信音が聞こえ無我夢中でスマホを耳に当てていた。

「も、もしもし！」

『……佐倉？　どうした。走ってんのか』

「一ノ瀬くん！　今、誰かに、追いかけられてて！」

『どこだ。家に向かってる？』

「うんっ」

『俺も向かってる。すぐ追いつくから、通話このままにしてろ』

言われたとおり、スマホはそのままに走った。

一ノ瀬くんの声は聞こえなくなったけど、彼と通話が繋がっていると思うとそれだけで心強い。

まだ追いかけてきているのかわからない。

振り返るのも恐ろしくて、とにかく足だけは動かした。捕まったらなにをされるかわからない。

けれど一ノ瀬くんの家が近づいてきて、気がゆるんだのか足がもつれた。

「あ……！」

手からスマホがこぼれ落ちる。

派手に転んだ先に、スマホもカシャンとアスファルトに転げ落ちた。

一ノ瀬くんとの通話が……！

慌てて拾おうとしたけれど、後ろから足音がして固まる。

追いつかれた。やっぱり誰か追いかけてきていた。

これから自分の身に降りかかるだろう悪意を想像して血の気が引いていく。

殴られる？　乱暴される？

刺される？　殺される……？

せめて犯人の顔だけでも。そう思うのに動けない。

住宅街のど真ん中なんだから、叫べば近くの家から誰か出てきて助けてくれるかもしれないのに、声も出ない。

砂を踏む音が近づいてくる。

誰か……！

助けて、一ノ瀬くん！

『佐倉‼』

もうダメだと思ったそのとき、私の呼びかけに応えるような一ノ瀬くんの声がした。

それはスマホから響いてきたんだけど、後ろにいた誰かは違うと思ったのかもしれない。

慌てたように離れていく足音がして、命の危機は脱したのはわかった。

全身から力が抜ける。

うまく立てず、這うようにしてスマホを手に取ったとき、

「佐倉！」

スマホと真後ろから、同じ声が聞こえて振り返った。

「一ノ瀬くん……っ」

ものすごい速さで駆けてくる彼の姿を見た瞬間、涙がこぼれた。

ほっとして、嬉しくて、もう大丈夫だと心から思えて。

「佐倉、大丈夫か？」

「だ、だいじょうぶ」

「ケガは？　追いかけてた奴は？　なにもされてないか？」

もう一度大丈夫と答えようとしたけれど、駆けつけた一ノ瀬くんに勢いよく抱きしめられ、言葉が引っ込んでしまった。

私以上に息切れをして、汗をかいている一ノ瀬くん。

「よかった……っ」と耳元で苦しげに呟くのが聞こえ、涙がぽろぽろとこぼれ落ちる。

こんなに必死になって助けにきてくれた。

すごくすごく、心配してくれたんだ。

「バカやろう……ひとりで帰ってんじゃねーよ」

「ごめんなさい……っ」

一ノ瀬くんの広い胸に顔をうずめ、背中に強くしがみつく。

するともっとギュッと抱きしめられて、息が苦しくなったけど、ひどく安心してまた泣いた。

ここはどこよりも安全な場所だと、心より先に身体がわかっているみたいだった。


転んだとき、膝と手を擦りむいていたことに、家に帰ってから気がついた。

コンソメは無事だったけど、プリンは蓋(ふた)が外れぐちゃぐちゃになってしまっていて、とても食べられる状態じゃなかった。

せっかく美味しそうなプリンだったのにもったいない。

「ごめんね、春陽くん。一緒にプリン食べようと思ったんだけど」

リビングのソファーで京子さんにケガの手当てをされながら呟く。

心配そうな顔で横にピッタリくっついていた春陽くんが、慌てて首を振った。

「そんなの！　プリンより、梓おねえちゃんが無事でよかったよ」

「無事じゃないわよ。乙女の柔肌傷つけるなんて、最低な奴がいたもんだわ」

大きめの絆創膏を貼りおえた京子さんが、鼻息荒く言う。

「梓ちゃん。本当に警察に行かなくていいの？」

「はい……。だって、相手の姿、まったく見てないんです。追いかけられたっていうのも、足音が聞こえただけで。もしかしたら勘違いだったかもしれないし」

「でもお前が走っても、追いかけてくる足音があったんだろ？　気のせいってわけじゃないいんじゃないか？」

別のソファーに座りながら、真面目な顔で言った一ノ瀬くんに、曖昧にうなずく。

「そうだけど、でも……」

「やっぱ警察行こう。電車で痴漢にも遭ってるし、もしかしたら同じ奴に狙われたのかもしんねーだろ」

「そうね。警察には一応知らせておきましょう。早いほうがいいわね。食事のあと車出すから、一緒に行きましょう？」

これ以上一ノ瀬家の人たちに心配や迷惑をかけるのもよくないか……。

結局私はうなずき、夕食のあと京子さんに連れられ警察署に行った。

一ノ瀬くんも来てくれて、電車で痴漢に遭ったこと、前もあとをつけられたように感じたことを説明してくれた。

話している間ずっと手を握っていてくれて、こんなに男の人の手を頼もしく思ったことはない。

本当に嬉しかった。

けれど、警察署から帰ってきてから問題が起こったのだ。

それは――。

「で？　なんでひとりで勝手に電車乗って帰ったんだよ？」

お風呂にも入って、恐怖や不安を洗い流し、あとは寝るだけ……のはずだったのに。

二階の廊下で待ち構えていた一ノ瀬くんに、そう問い詰められた。

「ええと、それは……」

「ひとりで電車乗んなっつったよな？　どっか出かける場合でも、迎えにいくって。

忘れたとは言わせねえぞ」

「お、覚えてるけど。でも毎日じゃ一ノ瀬くんの負担になっちゃうし」

「そんな余計な気遣いして、危ない目に遭ってたら世話ないだろ」

「そうだけど、でも」

「ほかに理由があるんだろ。言え」

命令口調で言われ、反発心が芽生える。

そんなの、一ノ瀬くんが森さんとあんなところでキスしてたからじゃん。

あんなところでキスしてたから目撃しちゃって、ビックリしたからじゃん。

付き合ってないって言ってたくせに、キスしてるじゃん。嘘じゃん。

キスするような相手がいるのに、私の送り迎えするなんて意味不明じゃん！

「言わない！　一ノ瀬くんのばーか！」

「はあ？　なんで俺がバカ？」

「知らない！　ばーかばーか！」

「お前な……。助けてもらった相手に、バカとはなんだ！」

「うるさーい！　ばかばかばーか！」

小学生みたいにバカバカ繰り返していると、先に寝ていたはずの春陽くんが部屋から出てきた。

眠そうに目をこすりながら「どーしたの？」と聞いてくる天使の手を、私は思わず掴んでいた。

「ごめんね、うるさかったね。なんでもないよ、春陽くん。それより、今日は私と一緒に寝よう？」

「えっ！　梓おねえちゃんと一緒に寝ていいの？」

眠そうだった目をパッと見開き、嬉しそうに笑う春陽くんに癒される。

一方一ノ瀬くんは思い切り不機嫌そうに眉をひそめた。

「おい……。なに勝手なこと言ってんだ」

「ふーんだ。今日は怖い思いしたから、春陽くんに一緒に寝てもらうの！」

「やったー！　僕、梓おねえちゃんのことギュッてしてあげる！」

「ほんと？　嬉しいなあ」

私がでれでれしていると、一ノ瀬くんは頬を引きつらせ「勝手にしろ！」と自分の部屋のドアを開いた。

「けど行き帰りは絶対俺と行動すんだからな！　警察にもひとりになるなって言われただろ！」

「わかってるもん！　一ノ瀬くんのばか！」

べっと舌を出す私に、一ノ瀬くんはものすごくなにか言いたそうな顔をしたけど、言葉が思いつかなかったのか、そのまま部屋に入り勢いよくドアをしめた。

そのドアに向かって今度はイーッと歯をむいた私に、春陽くんが不思議そうに首を傾げる。

「梓おねえちゃん。兄ちゃんとケンカしたの？」

「え？　ああ、ううん。なんでもないよ。それより、早く寝よっか」

「うん！」

その夜は春陽くんをぎゅっと抱きしめながら眠った。

春陽くんもぎゅっと抱きついてくれて、なぜか一緒に入ってきたマロもくっついてくれて。

ぽかぽかと温かな子どもと犬の体温に、誰かに追いかけられた恐怖を思い出すことなくぐっすりと眠ることができた。


快晴の空を仰ぎみて、ヨシ！と両手を握りしめる。

今私は、一年で一番燃えていた。

「アズにゃん、気合い入ってるぅ」

「当ったり前じゃん！　日頃のストレスをここで発散するの！」

だぼっとした大き目のジャージに身を包み、ミーナはやる気なさげに「がんばれ～」と返事をする。

ミーナは運動嫌いだからしょうがない。体育の授業を隙あらばサボろうとする子なのだ。

今日は朝から全校生徒が、学校指定のジャージ姿でグラウンドに並んでいる。

年に一度の体育祭の日だからだ。

体育祭と言っても、内容は小学校の運動会みたいなもので、全体的にゆるい。

体育祭の練習なんて特別することもなく、ゆるいプログラムにそってゆるく進行していく。

それがなかなか生徒に人気なのだ。

玉入れや借り物競争など、楽でそこそこ楽しく盛り上がる。

私みたいに絶対優勝するぞ！と意気込んでいる生徒はほとんどいない。

みんな楽しければいいや、という感じだ。

「小鳥！　小鳥は一緒にがんばろうね！」

後ろにいた小鳥を振り返ると、可愛らしい微笑みを返される。

「うん。でも梓、ケガはしないようにね？」

はい可愛い！

小鳥の可愛さでパワー満タンになった私は、気合充分。

優勝も目指すけど、とりあえず……隣の一ノ瀬くんのクラスには絶対に負けない！

固く決意しながら隣のクラスの列を見ると、ちょうど一ノ瀬くんと目が合った。

私があっかんべーをすると、切れ長の目をスッとすがめ、そっぽを向く一ノ瀬くん。

くっそー、感じ悪い！

追いかけられ、警察に行った日から三日経ったけど、私たちの仲はまだ険悪だった。

一応反省したし、もう恐い目には遭いたくないので、行き帰りは一ノ瀬くんと一緒に行動している。

でも前みたいに何気ない会話をしたり、手を握ったり、距離の近さに戸惑うようなことはいっさいない。

私はまだ怒っているし、一ノ瀬くんもそんな私に苛立っているから。

このままじゃいけないのはわかってる。

勝手に怒っているのは私で、悪いのは私だ。わかってるけど、前のように普通に接することができない。

っていうか、前は私、どうやって一ノ瀬くんと過ごしていたんだっけ？と、すでに〝普通〟がわからなくなっている始末。

京子さんや春陽くんにも気を遣わせちゃってるし、どうにかしないといけないとは思ってるんだけど……。

「うー、ダメだあ！　モヤモヤする！」

「おお？　アズにゃんが壊れた」

「熱中症？　ちょっと早いんじゃ……」

ふたりに心配され、大丈夫と慌てながらため息をつく。

ストレスはたまる一方だ。この体育祭でそれを発散したら、少しは状況もマシになるだろうか。

そう思った直後、視界の端で一ノ瀬くんが森姉妹に左右から抱きつかれているのを目撃してしまい、ストレスは倍にふくれあがるのだった。


「いけー！　がんばれ小鳥ー！　きゃー惜しい！　惜しいよー！」

応援というよりほぼ叫び声を上げている私の手にはスマホ。

目の前で一生懸命玉入れをしている小鳥の雄姿（という名の愛らしさ）をしっかり動画に収めないと！

「アズにゃん。さすがにそんな堂々とスマホで撮影するのはまずいんじゃない？」

「なに言ってるのミーナ！　イベントごとに小鳥の成長を記録せず、いつするの！」

「あんたは小鳥の親か」

ミーナに呆れたように言われたけど、知ったこっちゃない。

小鳥の写真や動画を撮るのは私の趣味みたいなものだ。

もちろんイベント以外でも、何気ない小鳥の日常は昔から保存してある。

スマホの中以外にも、家には小鳥アルバムが何冊もあるし、小鳥のお母さんと写真を交換したりもしているんだから。

　小柄な小鳥が一生懸命玉を拾って、遥か頭上のカゴに投げいれる様子は、それはそれは愛らしく、観ている男子たちも「松井さんがんばれー！」「可愛すぎるぞー！」とでれでれしながら応援している。

　時々「やべ。松井さんの脚ほっそ」とか下心満載の呟きが聞こえてきて腹立たしい。

　でも今はとにかく、小鳥のがんばっている姿をきっちり収めておかないと！

「佐倉」

「なに？　今忙しいの！」

　男の声がしたけど、返事だけして撮影を続ける。

　ミーナが隣で「アズにゃんまずいって」と服を引っ張ってきた。

「もう、ミーナもなに？」

「佐倉。そんなに忙しくなにをやってるんだ？」

「はあ？　そんなの決まって——あ」

　顔を上げると、厳めしい顔をした担任が仁王立ちで私を見下ろしていた。

　たしかにこれは、まずい。

「で？　もう一度聞こう。なにをやってるんだ？」

「こ、これは、その。く、クラスが一団となって努力する様子を映像として残しておくべきではないかと……」

「それは素晴らしい考えだな。だが撮影は放送部が担当しているから心配いらない」

「でも！　うちのクラスだけの撮影班も必要だと思うんです！」

「うちのクラスっていうか、小鳥専属撮影班だけどねー」

ミーナが横で茶々を入れるのでそっちを睨むと、その隙に担任が私のスマホを奪ってしまった。

「あ！　返してください！」

「体育祭が終わったら返してやる」

「そんな！　それじゃあ小鳥の撮影は誰がするんですか！」

「誰もしなくてよろしい」

「先生はわかってない！　なにもわかってない！　小鳥を撮影するのは私の使命なんです〜っ」

追いすがる私を無視し、無情にも担任はスマホを没収し去っていった。

ミーナに「あきらめなって」と肩を叩かれ、私はがくりとうなだれた。

「私の最大の楽しみが……」

「アズにゃんは小鳥以外に趣味を見つけるべきだね。それか彼氏」

「もう、またそれ？　彼氏なんていらないよ、私」

反射的に言い返してから、浮かんだのはなぜか一ノ瀬くんの顔だった。

彼女がいるくせに嘘ついて、必要以上に優しくしてくる。せっかく見直したのに、いい人だと思ったのに、結局男なんてみんな不誠実だ。

やっぱり信用できるのは高橋くんしかいないんだ。

「だからさ、アズにゃんがそれじゃあ、小鳥がかわいそうじゃん」

「小鳥がかわいそう？　どうして？」

「例えばの話だけど、小鳥に彼氏ができたとしてさ——」

「小鳥に近づく男は駆逐してやる！」

「だからそれだよ、それ！　小鳥に彼氏ができたらどうすんの？　小鳥と彼氏の邪魔するの？」

怒ったように言うミーナに困惑する。

「なんでそんなこと聞くの？」

「だから、例えばの話！　邪魔するの？」

「それは……できちゃったら、しょうがないし。小鳥が好きになる人ならちゃんとした人だろうし」

「もう一回言う。あんたは小鳥の親か」

そうは言うけど、私は小さい頃からずっと小鳥を守ってきたんだよ？

小鳥第一で、すべては小鳥の安全と幸せのために生きてきたんだよ？

悪い男が寄ってこないようけん制するし、彼氏ができたなら相手が変な男じゃないか確認だってする。

そんなの当たり前だ。だって小鳥のことが大切だから。

「でも、相手がまともな人で、小鳥が本当に幸せなら、祝福するよ」

「アズにゃん……」

「そして私は抜け殻になる」

「おい！……もう、これだからアズにゃんは」

抜け殻になるのは仕方ない。

だって小鳥を守ることを生きがいにしてきたのに、彼氏ができたら私は小鳥にとって必要なくなってしまう。

絶対寂しい。すごく寂しい。

想像してすでに泣きそうになる私の頭を、ミーナがポンポンと撫でてくる。

「やっぱりアズにゃんは彼氏を作るべきだよ。そうじゃないと、小鳥も安心して幸せになれないもん」

「それって、私が小鳥の幸せの邪魔になるってこと……？」

「邪魔だなんて、あの小鳥が思うわけないじゃん。アズにゃんが小鳥を大好きなように、小鳥もアズにゃんが大好きだからさ。きっと心配するって意味」

小鳥が私を心配する？

そんな必要は全然ないと思うのに。

「私は……大丈夫だよ」

「アズにゃんの〝大丈夫〟ほど信用できないものはないわぁ」

ぐしゃぐしゃと髪をかきまぜられ、鼻をスンとする。

顔を上げた先では、なんとか玉をひとつ籠に入れることに成功した小鳥が、満面の笑みでこっちに向かって手を振っていた。


私が出場した種目は徒競走。

もちろん一位をもぎとった。小鳥を守るために日々磨いてきた、運動神経の見せどころだ。

私が一位の旗を手にすると、応援席で小鳥が満面の笑顔で拍手してくれていた。

そりゃあ一位とりますよね！　小鳥の笑顔のためならばいくらでも！

女子の徒競走が終わって応援席に戻ると、今度は男子の徒競走。

隣のクラスは一ノ瀬くんと高橋くんがそろって出るようで、女子の歓声がすごい。

「高橋くーん！　がんばってー！」

「一ノ瀬くんかっこいいー！」

高橋くんはサッカー部のエースで足が速いのは当然として、一ノ瀬くんてどうなんだろう？

あまり運動をしているイメージがないんだけど、この種目に出るならやっぱり速いのかな？

「あのふたり、ほーんと人気だねぇ」

「そうだね。高橋くんは梓のイチオシだしね」

「お？　小鳥、高橋くんに興味出てきた？　優しくてかっこよくて紳士で彼氏として最高の人だと思うよ！」

私が高橋くんを推すと、小鳥はなぜか「私はそういうんじゃないから……」と困ったように笑った。

小鳥が高橋くんを好きになったら全力で応援するのになあ。絶対お似合いだし。

「小鳥、ダメダメ。アズにゃんには恋の話はまだ早いんだよ」

「もう高校生なのに……」

「そのはずなんだけどねぇ」

「なんかふたり、失礼なこと言ってない？」

私がムッとすると、ふたりは曖昧に肩をすくめてごまかした。

なんだか最近、小鳥がミーナとどんどん仲良くなってて寂しいなあ。

もちろんふたりとも大切な友だちだから、仲良しなのはいいことなんだけど。

前は小鳥と学校の行き帰りも一緒で、誰より長い時間を過ごしてきた。

でも小鳥が引っ越して、ミーナと家の方向が一緒になったから、今は小鳥はミーナと行き帰りをともにしている。

小鳥がひとりだと心配で仕方ないから、ミーナと一緒にいるのが安心できて良いんだけど、やっぱりちょっと寂しい。

ひとりでしんみりしていると、ワッと歓声が上がった。

「あ。高橋くんだよ、アズにゃん！」

言われてトラックに目をやれば、ちょうどピストルが鳴り、高橋くんが誰より先に飛びだしたところだった。

さすがサッカー部エース。ひとりだけ馬力の違うエンジンを積んでいるみたいにぐんぐん後ろを引きはなしていく。

「いけー！　高橋くーん！」

周りの歓声にまぎれて彼を応援した。

そして高橋くんは余裕の一位でゴールイン。爽やかな笑顔を振りまき、女子の悲鳴を一身に浴びている。

「ひゃー。高橋くん、はっやいね！」

「うん。かっこよかったね、梓」

「そうだね！　一番輝いてたよね！」

よしよし、小鳥も高橋くんのかっこよさに気づいてきたみたい。

内心ほくそえんでいると、今度は一ノ瀬くんがスタートラインに立った。

ふだん彼のクールな雰囲気と森姉妹の鉄壁のせいで近寄れない女子たちも、ここぞとばかりに応援している。

なかでもやっぱり目立っているのは森姉妹で、姉妹で応援席から身を乗りだし全身を使って「千秋愛してるー！」「抱いてー！」と叫んでいた。

一ノ瀬くんはまるで聞こえていないみたいに反応しないけど。

ふーんだ。おモテになってけっこうなことですね！

私は絶対応援なんてしてやらないけど！

面白くない気持ちで眺めていると、ピストルが鳴り、いっせいにランナーがスタートした。

すぐに頭ひとつ出たのはふたり。一ノ瀬くんと、もうひとりはバスケ部の男子だ。

帰宅部なのに運動部に勝てるはずない。

そう思ったけど、ほぼ互角の走りでふたりはゴールに向かっていく。

ものすごい接戦に、周りは盛り上がり、応援もヒートアップしていった。

私も前のめりになって、食いいるように走る彼を見つめる。

ふだんクールな一ノ瀬くんが、真剣な顔で走っている。

私が誰かに追いかけられたときも、あんな顔をして汗だくになりながら駆けつけてくれたんだ。

「一ノ瀬くん、がんばれー！」

気づけばそう、誰より大きな声で叫んでいた。

無意識だった。

絶対応援なんてしないって決めていたのに、叫ばずにはいられなかった。

私の声が届いたかはわからないけれど、一ノ瀬くんはゴール手前でバスケ部の男子より一歩前に出た。

そのままゴールを駆け抜け、今日一番の歓声が上がる。

やった、一ノ瀬くん一位！

夢中で拍手していると、一位の旗を持った一ノ瀬くんがこっちを見た。

目が合ったと思ったら、彼は小さく笑った。

自然とこぼれたような珍しい微笑みに心臓が跳ねたとき、周りの女子が「今こっち見て笑った～」と楽しそうに話すのが聞こえてハッとした。

別に私に微笑んでくれたわけじゃないのに、なにドキッとしてるんだろう。

表情を引き締めぷいっとそっぽを向く。私はまだ怒ってるんだから。

ちらりと横目で一ノ瀬くんを確認すると、ムッとした顔で背を向けるのが見えた。

その背を見て寂しさがわいたけど、たぶんそんなもの気のせいだ。

【side:CHIAKI】

「一ノ瀬くん、がんばれー!!」

あいつの声が聞こえた気がした。

ゴールテープを切り、詰めていた息を戻すと、急に飛び込んできた酸素に肺が悲鳴を上げる。

先に走っていた高橋が、満面の笑みで右手を軽く上げていたので、意図を汲みとりハイタッチした。

「さすが一ノ瀬。帰宅部のくせにやるなあ」

「帰宅部だから体力はないけどな。来年は絶対走んねー」

ぼやきながら、応援席に目をやる。

佐倉のクラスの列を見れば、あいつと目が合った気がした。

かと思えば、プイと顔をそむけられた。

「なんだあいつ……」

わざとか。わざとなのか。

少し前から、佐倉は妙に機嫌が悪い。

たぶん、誰かに追いかけられたあの日からだ。

俺のことを待たずに帰ったうえに、追いかけられていた佐倉を必死で助けにいった俺に「ばか」と暴言を繰り返したあの日から。

どうして佐倉が不機嫌になったのか、俺にはさっぱり見当がつかない。

別になにかしたわけじゃないと思うけど、どうだろう。

俺は女の機微みたいなものには疎い自覚があるから、なにもしてない、と断言できないのがつらいところだ。

いまだに微妙に避けられるし、春陽には「ざまぁ」って顔をされるしで、俺もイライラしている。

やっぱり好きな相手につれなくされるのはへこむ。

「どうした一ノ瀬。鉄仮面とか言われるお前が百面相して」

「はあ？　なに言ってんだよ」

「だってお前、珍しくいい感じに笑ったかと思えば、次の瞬間にはムッとして、今はため息ついてるし」

　高橋に指摘され、自分の顔を触る。

　笑ってた？　俺が？　ため息もついてたか？

　自覚はないが、だだ洩れということか。恥ずかしい奴、俺って。

　女ひとりに振りまわされている自分が滑稽だった。

「なぁ、高橋。お前んち、姉ちゃんと妹がいたよな」

「うん。いるけど」

「女が不機嫌になる理由って、なに？」

　そんな質問をすると、高橋はあからさまに驚いた顔で俺を凝視した。

「え……。一ノ瀬、気になる子でもできたの？」

「うるせぇな。いいから答えろよ」

「横暴だなあ、もう。教えをこいたいならそれなりの態度ってものがあるだろ」

「答える気がないならいい。忘れろ」

「あー、わかったわかった！　女が不機嫌になる理由ね！」

　高橋は少し考えたあと、申し訳なさそうに「ありすぎてわかんない」と言った。

　その情けない表情に、ふだん家で苦労してるんだろうなと察してしまう。

「ありすぎるって、例えば」

「えー。例えば、彼氏とケンカした、とか。ニキビができた、とか。ＳＮＳの返事がすぐこない、とか。天気が悪い、とか。とくに理由がなくても不機嫌になる場合もあるし」

「お前……大変だな」

心底同情する。

うちの弟はちっとも可愛くはないが、男兄弟でよかったとしみじみ思う。

「でもその逆もあるよ。ちょっとのことでご機嫌になったり。女の子はそういうのが可愛いんじゃない？」

「お前は本当にできた奴だよ」

「いや、俺もうちの姉妹にはそうは思わないけどさ。好きな子は別じゃん？」

好きな子、というワードに引っかかり、高橋のムダにキラキラした顔を見た。

「好きな子？」

「うん。そういうもんでしょ」

「お前、好きな奴いるのか」

「あれ。言ってなかったっけ？」

「聞いてねぇな」

「まあ、言う必要もとくにないしね」

「まあな」

女じゃないんだから、男が恋バナで盛り上がるなんてそうそうない。

ゲームの話でもしていたほうがよっぽど楽しい。

でも、そうか。こいつ、好きな奴がいたのか。

「ちなみに年上。このあとの借り物で、タイミングが合えば告白しようかなって思ってる」

照れくさそうにそう言った高橋に、「健闘を祈る」なんて言いながら、もう一度応援席を見た。

高橋の好きな相手は年上。ということは、相手は佐倉じゃない。部活関係だろうか。

借り物で恋愛系のカードを引いたら、全校生徒の前で高橋は告白するつもりだ。

それを目の当たりにして、佐倉はどう思うだろう。

「そりゃ傷つくよな……」

佐倉の泣き顔が頭に浮かぶ。

佐倉が失恋すれば、俺にもチャンスが来るのかもしれない。

でも、それを喜ぶ気にはなれなかった。

あいつの傷つく顔は見たくない。あいつの笑顔を守ってやりたい。

あいつを笑顔にできるのが、高橋じゃなく俺だったらよかったのに。

でも仕方ない。佐倉が好きなのは、俺じゃないんだ。

俺は俺のできる方法で、佐倉を守るしかない。

でもその佐倉には避けられているわけで……。

俺にも恋愛系のカードが来たら、告白してやろうか。

投げやりにそんなことを考えた自分にまた、ため息をついたとき、両腕を誰かにからめとられた。

誰か、なんてわかってる。こういうことをしてくるのはあいつらしかいない。

「やめろ、森姉妹。鬱陶しい」

「ひっどーい。千秋がため息なんかついてるから、心配してあげたのに～」

「一位だったのに、嬉しくないの～？」

「別に。つーかマジではなせって」

振り払おうとしたが、森姉妹はがっちりと俺の腕を掴んではなさない。

ほかの女にべたべたされているところを佐倉に見られたくないのに。こいつらはいくら俺が冷たくしても、ちっともこたえないから嫌になる。

「千秋って運動似合わなそうなのに、走ってるときかっこよかったよ～」

「ほんとほんと。五鈴の声聞こえた～？　この子、愛してる～とか叫んでたんだからあ」

「やだ、美鈴。言わないでよ～」

俺をはさんではしゃぐふたりに、違和感を感じた。

中学からの付き合いだが、どっちが姉でどっちが妹だか、いまだにわからなくなる。それくらい似ている姉妹だが、中学のときに俺に告白してきたのは、姉の美鈴のほうだった。

断ったあとも姉が態度を変えることはなく、隙あらばべたべたくっついてこようとする。それが最近、気のせいかもしれないが、姉が妹に対して一歩引くようになってきた。

俺と妹をくっつけようとしているような、そんな雰囲気を感じることがたまにある。中学での告白は、冗談だったんだろうか。この姉妹はなにを考えているのかよくわからない。

さわがしいふたりにため息をつきながら、今度こそ、と腕を振り払った。

ケンカするほどなんて嘘

うちの高校の体育祭の目玉は、借り物競争だ。

借りるものは生徒が考えて決めているので、ふざけたものや恋愛系のものが混じっていてそれはもう盛り上がる。

去年は『気になっている人』とか『付き合うならこの人』というのが多かった。『好きな人』という直球なものもあったと思う。

今年もきっとあるだろう。私も出るので、なにが当たるかちょっと心配。

まあなにが出ても愛する小鳥を連れていけばだいたいオーケーだけどね！

余裕でいた私だったけど、自分の番になりいざ借りるものが書かれたカードを引いてみて固まった。

『寝顔が可愛いと思う人』

一ノ瀬くんじゃん！

ピンポイントで一ノ瀬くん狙ってるやつじゃん！

それを私が引いてしまうって、どんな偶然だろう。

勢いよく一ノ瀬くんたちのクラスを見た。応援している生徒たちの列の中に彼を見つける。

ほぼ同時に目が合って、一ノ瀬くんがいぶかし気な顔をした。どうした、とその目が私に問いかけてくる。

名前を、彼の名前を呼びそうになった。

けれどそのとき、一ノ瀬くんの腕にギュッとしがみつきすり寄る女子がいて、声が引っ込んだ。

森姉妹の姉、森美鈴だ。

一ノ瀬くんに甘く微笑んだあと、私をきつく睨みつけてくる。

そんなに睨まなくても、一ノ瀬くんを借りたりしないよ。私たちが同居していることは秘密なのに、彼の寝顔を知っていたらおかしいもん。

唇を噛みしめてから、一ノ瀬くんから視線を外し、自分のクラスの席へと走った。

「小鳥！」

「梓？　借りるもの、なんだったの？」

立ち上がった小鳥のほっそりとした手を掴み、走りだす。

もちろん全速力とはいかない。小鳥が転んでケガをしたら大変だ。

「寝顔が可愛いと思う人！」

「えっ。私の寝顔で大丈夫？」

「小鳥の寝顔が可愛くなかったら、いったい誰の寝顔が可愛いって言うの！」

小鳥のペースで走り、結局二位でゴールインした。

もちろん審判の判定はクリア！

当たり前だ。小鳥の寝顔が可愛いなんて、誰にでもわかる。

「小鳥、ありがと！」

「ううん。足引っ張っちゃってごめんね？　梓の足なら本当は一位とれたのに」

「全然！　小鳥がんばって走ってくれたじゃん！　大好き〜っ」

小鳥といちゃいちゃしながら応援席に戻ると、ミーナに思い切り呆れた顔をされた。

「私はアズにゃんにラブ系のカード引いてほしかったよ」

私に文句を言われても困る。文句を言うならカードを作った人にしてほしい。

そのあと男子の番が来て、事件が起きた。

事件というか、去年もあったラブイベントだ。

『好きな人』を引いて本当に好きな人を連れてゴールした人が、その相手に全校生徒の前で告白するという最高に盛り上がる一幕。

そしてそのカードを引いたのが、サッカー部の王子様、高橋くんだったのだ。

高橋くんがゴールまで連れていったのは、三年生の女子生徒。

相手はあの雨の日、私が貸した傘に高橋くんと入った、サッカー部の美人マネージャーだ。

そっか。高橋くん、あの先輩のことが好きだったんだ。

「あ、アズにゃん？　大丈夫……？」

「梓……」

なぜかミーナと小鳥の私を気遣うような目に首を傾げる。

「え。なに、ふたりとも。どうしたの？」

「まさかこんな展開になるなんて……」

「勝手に盛り上がってごめんなさい……」

「ええ？　なんでそんな落ち込んでるの？」

わけがわからず慌てる私の耳に、スピーカーを介して高橋くんの告白が届いた。

『ずっと好きでした！　付き合ってください！』

歓声とも悲鳴ともつかない声がいっせいに上がる。

さすが高橋くんだ。告白する姿も真摯で男らしい。

告白された先輩の顔が真っ赤になっているのが遠目にもわかった。

「だって高橋くんに好きな人がいたなんて」

「私たち、梓のためと思ってたけど……考えなしだったね」

「待って待って。意味わかんないよ。高橋くんがなに？　私のため？」

混乱していると、またひと際大きな歓声が上がった。

どうやら先輩が告白に対して返事をしたらしく、高橋くんが感極まったように先輩を抱きしめていた。

これ、成功したのかな？　したんだよね？

「高橋くん、彼女ができたんだ……」

高橋くんみたいな優しくて親切で紳士的な人が彼氏だなんて、あのマネージャーの先輩は本当に幸せだと思う。

いや、これからたくさん高橋くんに幸せにしてもらえるだろうな。

「アズにゃん……」

「梓には私たちがついてるからね」

「そうだよアズにゃん！　元気だして！」

「だから！　さっきからなんなの、ふたりして⁉」

なぜか肩を抱き寄せたり頭を撫でたりしてくるふたりに困惑していると、スタートラインに一ノ瀬くんが立つのが見えた。

彼が不意にこちらに顔を向け、目が合った気がしたけれど、気のせいだろうか。

一ノ瀬くんも借り物競争に出るのか。恋愛系のカードを引いたら、どうするんだろう。

やっぱり森さんを連れて行くのかな。ふたりで仲良く手を繋いで、ゴールインして、マイクを向けられ全校生徒の前で森姉に愛の告白をしたりするのかな。

クールな一ノ瀬くんからは想像もつかないけど、考えるだけで胸の奥の方がモヤモヤしてきた。

嫌だな。見たくないな。トイレにでも行って、時間つぶしてようかな。

迷っているうちに、ピストルが鳴り、走者がいっせいに走りだす。

「わ、私！　ちょっとトイレに……」

と、席を立とうとした時、「佐倉！」と名前を呼ばれた。

驚いて顔を上げると、うちのクラスの走者の山田がこっちに走ってくるところだった。

なんだ山田。小鳥を借りるつもりか。それで私に許可をとろうとしているのか。

なんて身の程知らずな！

そう言ってやろうとしたのに、なぜか山田に腕を掴まれた。

「一緒に来て！」

「え……ええ⁉　私？　小鳥じゃなくて？」

ちらりと横を見れば、小鳥もミーナも妙に興奮したような目で私たちを見ている。

なんでそんな嬉しそうな顔するかな？

「いいから、行くぞ！　一位いける！」

「よしきた！」

一位と聞いて私の闘志に火がついた。

よくわからないけど、クラスメイトとしてとりあえず一位はとるべきだ。

山田に連れられゴールに向かうと、途中で驚いたような顔の一ノ瀬くんとすれ違った。

一ノ瀬くんはまだ誰も、なにも借りていないみたいだ。

なんのカードを引いたんだろう。

考えているうちに山田と並んでゴールする。

肩で息をしながら「で、なんのカードだったの」と聞けば、なぜか山田に目をそらされた。

不思議に思ったけど、放送部のインタビューでその理由がわかった。

『引いたカードは……おお！　気になっている人！』

スピーカーから響くインタビュアーの声に、応援席がわく。

って、気になっている人⁉　私が⁉

驚いて山田を見れば、照れくさそうに頭をかく彼。

いや、なぜ照れる。あんたが気になってるのは、私じゃなくて小鳥でしょうが。

『では引いたカードと借り物の整合性を確認します！　クラスとお名前、そして彼女のどういうところが気になっているのかお答えください！』

マイクを向けられた山田が、ほんのり顔を赤くして口を開く。

「二年三組、山田です。えー、彼女、佐倉さんのことは……正直、最初は腹立つ奴だなあと思っていたんですが」

「ちょっと。正直すぎ」

思わず私がつっこむと「だって実際そうだし」と山田がもごもご言い返してくる。なんだ。気になるってそういう〝腹立つ奴〟って意味か。

「でも、なんか段々気になっていって。話しかけるタイミングとか、考えるようになって」

「え……」

「素直にそうとは言えないけど、けっこう可愛いな……とか、思うようになって。まあ、はい。そんな感じっす」

話しおえる頃には真っ赤になっていた山田に、応援席から口笛や野次が飛ぶ。

私もたぶん、山田に負けず劣らず顔が赤くなっていると思う。

だって、これじゃあまるで、山田が私のことを好きみたいに聞こえるじゃん。

山田は小鳥のことを狙っていたはずなのに。

うろたえる私を見て、山田がなんだか拗ねたように「そういうことだから」と言った。

「そういうことって……」

「別に告白じゃないんだからいいだろ。返事とかもいらねーし」

そんなこと言われても、こんなふうになっちゃったら、これから私だって意識してしまう。

本当に、小鳥じゃなくて私を……？

そんな男がこの世にいるなんて、考えたこともなかった。

「告白は……また改めてするから。戻ろうぜ」

「あ、改めてするの⁉」

「そりゃあ、まあ。佐倉にとっては迷惑かもしんないけど」

「め、迷惑ってわけじゃ、ないんだけど……」

迷惑じゃなくて困惑だ。

今いちこの状況が受け止めきれないまま、山田と応援席のほうに戻る。

周りにひやかされて、恥ずかしいようなむずがゆいような気持ちになった。

一ノ瀬くんはどうなっただろうと探してみれば、彼もゴールしていて、連れていたのは高橋くんだった。

親友ってカードでも引いたのかなと思ったけど、インタビューでわかったカードの内容は『可愛い人』だった。

可愛い？　高橋くんが？　かっこいいの間違いじゃなく？

放送部のインタビュアーも困っていたところ、一ノ瀬くんが高橋くんに「お前は可愛いよな？」と圧をかけ、高橋くんがやけくそな感じで「真純って呼んでねっ」と組んだ両手をくねくねして言ったことで応援席は大ウケ。

結果なんとかOKが出ていた。

なにをやってるんだか。素直に森さんを連れていけばよかったのに。付き合ってるんだから、堂々とそうすれば。

ズキンと痛む胸をジャージの上から押さえる。

さっきまで見たくないと思っていたくせに、終わったとたん『連れていけばよかったのに』なんて、矛盾している。私なに考えてるんだろう。

高橋くんと連れだって歩く一ノ瀬くんを見ると、なんとも言えない気持ちになった。笑っているのを見られて嬉しいような、憎らしいような。ずっと見ていたいような、見るのは腹立たしいような。

複雑すぎて自分でもよくわからない。

その後、体育祭のラストの選抜リレーで、また高橋くんと一ノ瀬くんが出ていた。

でも私の目にはどうしてか一ノ瀬くんばかりが映って、彼が今まで以上にかっこよく見えて。

胸の奥のほうからわきだしてくるなにかが、ぐるぐると内側を暴れまわる。それが苦しくてたまらなかった。


帰りの電車の中、車両の隅で一ノ瀬くんに守られるように立っていると、上から「おい」と低い声がかけられた。

「なに？」

「今日の、なに考えてんだよ」

「今日の？」

なんの話か読めず、一ノ瀬くんを見上げ首を傾げる。

するとムッとした顔をされた。

「借り物競争だよ」

「ああ。なにかおかしかった？　小鳥の寝顔が可愛いのは間違いないでしょ？」

まさかカードを引いて真っ先に思い浮かんだのが一ノ瀬くんの寝顔だってバレた？

内心ドキドキしていると、呆れたため息が降ってくる。

「バカ、そっちじゃない」

「そっちじゃない？　どっち？」

「だから！　……そのあとお前、借りられてただろ。男子に」

「ああ！　山田ね。あれは……まあ。ビックリしたよね」

まさか私が恋愛系カードの対象になる日が来るなんて。

これまで色恋とは無縁で来たから、私が一番ビックリした。

「ビックリって、ほんと能天気だな。油断してんじゃねーよ」

「能天気～？　油断とか、意味わかんない！」

相変わらず言い方が感じ悪いなあ、もう。

私が口を尖らせると、なぜか一ノ瀬くんは苛立たしげに頭をかく。

「してんじゃねぇか、油断。まさか自分が借りられるわけないとか思ってたんだろ？」

「そ、そんなことは……あるけど」

「あるのかよ。ったく……。返事とか、したのかよ」

返事って、なんの？

キョトンとすると、思い切り呆れた目を向けられる。

「だから、告白の返事だよ！　付き合うのかって聞いてんの」

「ま、まさか！　っていうか、告白じゃないし！」

「はあ？　頭わいてんのか？　どう考えても告白だっただろうが」

「だって……気になるって言われただけで、す、好きとか、付き合いたいとか、そういうこと言われたわけじゃないし」

「直接的に言われてなくても、あれは完全にそういうことだっただろ。わかってるくせに逃げてんじゃねーよ」

痛いところを突かれ押し黙る。

たしかに山田のあれは、借り物競争がきっかけの告白だった。

恋愛事に疎い私でもわかったくらいだ。きっと見ていた全校生徒がそう思っただろう。

「でも、ほんとになにか言われたわけじゃないから、返事もなにもないよ。山田も、それは改めてするって言ってたし……」

「へえ……。じゃあ、改めて言われたらどうすんだよ」

「そんなの……」

想像する。山田に告白されるときを。

でも相手は私じゃなくて、小鳥の姿ばかりが浮かんでしまい、失敗する。

「うー。わかんないよ、もう。誰かに告白なんてされたことないし、これからもされるなんて思ってなかったし。ましてや付き合うなんて……考えたこともないんだもん」

「告白されたことねーの？　今まで一度も？」

驚いたように聞かれ、思わず唇を尖らせた。

「なに、悪い？　私は一ノ瀬くんみたいにモテませんから」

「……そういう意味じゃねぇよ。でも、そうか。ないのか」

なぜか自分の口元を手で覆いながら、一ノ瀬くんがなにかブツブツと呟いている。

そんなに告白されたことがないって信じられないことなのかな。

それも仕方ないか。一ノ瀬くんならきっと、小さい頃からモテてモテて大変だったんだろうから。

「けど……ちゃんと考えなくちゃダメだよね。山田、改めてするって言ってたし。そのときまでなにも考えないわけにはいかないもんね」

内心ため息をつく。

どうして山田も、私なんて気になるようになっちゃったかな。小鳥のことが気になっていたはずだろうに、そこから私に方向転換って、無理があると思うんだけど。

目をつむり、腕組みをして考えていると、影がさした気がして顔を上げる。

まるで覆いかぶさるようにして身をかがめた一ノ瀬くんの、整った顔がすぐそばにあって、ドキッと強く心臓が跳ねた。

「考えんな」

「……え？」

息がかかるほどの距離で、一ノ瀬くんが妙なことを言った。

考えるなって、なにを？

「佐倉は余計なことは考えなくていい」

「余計なことって」

「お前はあの山田って奴のこと、好きなのか？　そうじゃねぇだろ？」

「それは……そう、だけど」

「だったらそれが答えだろ。好きでもない奴に告白されて付き合うのかよ？」

それは相手に対して不誠実なんじゃないのか。

そう言われて、たしかにとうなずく。好きじゃない人と付き合うなんて、ありえない。

でもそんな単純な答えでいいんだろうか。

もっとこう、好きになる努力を、とか真剣に考えなくていいのかな。

「……っていうか、一ノ瀬くんにそんなこと言われたくないし！」

「はあ？　なに急に怒ってんだよ」

自分は森さんとキスまでしていたくせに、私には付き合っていないなんて嘘をついていたくせに。

そんな人にえらそうに説教なんてされたくない。

「どうせ一ノ瀬くんは告白され慣れてて、いちいち真剣に考えることなんてないんだよね！」

「おい。誰もそんなこと言ってねぇだろ」

「そういうことじゃん！　もうほっといて！　私が誰に告白されて付き合おうと、一ノ瀬くんには関係ないでしょ！」

「この……！　ああ、そうかよ！　たしかに俺とお前はただの同居人だもんな！　それもたった一カ月の！」

鼻と鼻がくっつきそうな距離ですごまれ、息を飲む。

一ノ瀬くんが本気で怒ったのを肌で感じた。

「テキトーな奴と付き合って泣かされたって、知らねぇからな！」

なに、それ。

まるで私のことを心配していたみたいな言い方。

なんなの、本当に。一ノ瀬くんがわからない。

私みたいな期間限定の同居人のことなんて、気にかけなければいいのに。森さんと付き合っているのに、ムダに優しくしないでよ。

胸が痛くて苦しくて、涙が出そうだった。鼻の奥がツンとしたけど、我慢してうつむく。

一ノ瀬くんも私も、それからはずっと無言のまま、電車に揺られていた。

「梓おねえちゃん。兄ちゃんと仲直りしないの？」

お風呂上がり、洗面台の前で髪を乾かしていると、唐突にそんなことを聞かれて固まった。

質問してきた春陽くんは、お風呂上がりのアイス片手に、つぶらな瞳で私を見上げてくる。

「け、ケンカなんてしてないよ？」

「嘘つかなくていいよ。だってこの間から、兄ちゃんと梓おねえちゃん、全然喋ってないじゃん」

「それはたまたま……」

「梓おねえちゃんなんて、目も合わせようとしてないよね」

「うっ。……ご、ごめんなさい」

「別に謝らなくてもいいよ？　兄ちゃんと仲悪くしてもらってたほうが、僕にとっては都合がいいし」

そう言ってにっこり微笑む春陽くん。

お風呂上がりということもあって、いつも以上に頬がピンクで愛らしい……じゃなくて。

都合がいいって、今言わなかった？　聞き間違いかな？

「それで、なにが原因でケンカしてるの？」

「原因って、そんなものは別に……」

「原因がないのにケンカしてるの？　どうして？」

ああ～！　心の綺麗な天使の視線が痛い！

私はドライヤーのスイッチを切り、軽く髪を手櫛で整えて春陽くんと向きあった。

「本当にケンカじゃないの。私が一方的に避けて、嫌な態度をとってるからなの。だから一ノ瀬くんはなにも悪くないの」

「じゃあ、梓おねえちゃんが悪いの？」

一ノ瀬くんと森さんがキスしていた光景が頭に浮かぶ。

原因はと聞かれたら、あれだ。あれで私はショックを受けて、なぜか腹立たしくて、悲しかった。

でも一ノ瀬くんはそれについてまったく責任はない。

「……うん。私が悪いの。嫌な場面を見ちゃって、私が勝手にショックを受けただけだから」

「嫌な場面って？」

「それは……」

廊下をうかがって、人の気配がないのを確認してから、そっと春陽くんに耳打ちした。

「一ノ瀬くんが、学校で女の子とキスしてるのを見ちゃったの」

「えっ⁉　兄ちゃんがキス⁉」

「わっ！　は、春陽くん！　声が大きい！」

慌てて春陽くんの口をふさぐ。アイスでちょっとべとついていたけど、あとで洗えばいい。

それより、今の一ノ瀬くんに聞かれてないよね？

そっちのほうが気になってソワソワしてしまう。

「だって。あの兄ちゃんがキスするなんて信じられなくて。しかも学校でなんてさあ」

「信じられないって、一ノ瀬くん、学校ですごくモテるんだよ？」

「でも兄ちゃん、愛想ないし。彼女なんてできるわけないって正直思ってたくらい。

女の人を家に連れてきたこともないもん」

「……彼女、いたことないのかな？」

「そういうの隠しそうだし、わかんないけど。でもキスしてたってことは、それが彼女なんじゃないの？　相手はどんな人？」

「どんな……。ちょっと怖そうだけど、一ノ瀬くんのことが好きで好きでたまらないって感じの人かなあ」

森姉妹と同じクラスになったことはないし、彼女たちのことはほとんど知らない。怖そうなのはイメージで、一ノ瀬くんのことが好きで好きでたまらないというのは、見ていれば誰にでもわかる事実だろう。

「ふうん。……それで、その人と兄ちゃんがキスしてるのが、梓おねえちゃんはショックだったの？」

「うん。すごくビックリした……」

「ビックリしただけ？　さっき嫌な場面って言ってたよね。兄ちゃんとその女の人がキスしてるのが、梓おねえちゃんは嫌だったたってこと？」

「え……」

嫌な場面って、言った。たしかに言った。

嫌な場面を見て、ショックだった。

一ノ瀬くんと森さんがキスしているのが嫌で、ショックで――。

ああ……そうか。

そういうことだったんだ。

やっとわかった。この胸のモヤモヤや、痛みや苦しみが。

私、いつの間にか一ノ瀬くんのことが……好きになってたんだ。

「嘘でしょお……」

思わずしゃがみ込み、膝を抱えるようにしてうつむいた。

こんなことってある？

私、男の人が苦手というか、嫌悪するレベルだったのに。

一ノ瀬くんのこと、感じの悪い人って思っていたのに。

同居するなんて絶対ムリって言っていたのに。

男の人を好きになんてなれるわけないって思っていたのに。

一ノ瀬くんは、私の中にあったそれらを全部取りさって、胸の奥の一番大事なところに、いつの間にか堂々と居座っていた。

イメージ的には長い足を見せつけるように組み、ドヤ顔で笑っている王様。

腹立たしいけど、憎めない。それどころかいとおしい。

自分の変化に気づきはしたものの、心が追いつかない。

これは初恋だ。初めて男の人を好きになった。

それなのに――。

「なんでよりにもよって、彼女がいる人を……」

好きになっちゃうかなあ。

恋に気づく前から失恋しちゃってるじゃん。

しかも彼女と学校でキスしちゃうような人を好きになるなんて、本当に自分が信じられない。

でも……一ノ瀬くんだから。恋をしてしまったのも、仕方ないのかもなあ。

だって、感じは悪いし口も悪いけど、優しい人だともう知っているから。

仲のよくない私と同居することを認めてくれて、危ない目に遭わないよう送り迎えまでしてくれるような人だから。

私が態度を悪くしても、電車では痴漢から守るように立ってくれる人だから。

そういう一ノ瀬くんだから、好きになった。

いつの間にか、心も身体も、一ノ瀬くんのほうを向いてしまっていた。

犬が好きで、年の離れた弟とケンカして、朝に弱くて、寝顔が可愛い、等身大の男の子。

きっと、どうしたって好きになる運命だった。

「梓おねえちゃん？　大丈夫？」

「春陽くん……私」

どうしよう。

あなたのお兄さんを好きになっちゃった。

懺悔みたいな告白が口から出そうになったとき、パタパタとスリッパを鳴らす音が聞こえてきた。

すぐに脱衣所に京子さんが顔を出す。

「梓ちゃん、ちょっといい？　春陽も。話があるからリビングに来て」

「あ……はい。すぐ行きます」

京子さんはうなずくとまたパタパタと忙しなく去っていく。

なにかあったんだろうか。

春陽くんと目を合わせる。

天使はアイスをかじりながら、可愛らしくこてんと首を傾げた。

リビングのソファーにはすでに一ノ瀬くんが座っていた。

京子さんがお茶の用意をしていたので、私はそれを手伝い、春陽くんはお兄ちゃんにならってソファーに腰を下ろした。

「さて、突然ですが、明日私、広島に行ってきます」

お茶をテーブルに置くと、京子さんは少しこわばった顔で話しはじめた。

「広島……ですか？」

「親父になにかあったのか」

「えっ。お父さんのとこに行くの？」

一ノ瀬くんの言葉に、春陽くんが身を乗りだす。

そうか。京子さんの夫で一ノ瀬くんたちのお父さん、拓也（たくや）さんは、今単身赴任で広島にいるんだったっけ。

「さっき電話があって、お父さん、入院したらしいのよ」

「入院って……お父さん病気なの？」

「違うわ。交通事故に巻き込まれて、足の骨を折ったんですって」

「それ、大丈夫なのか」

「幸い折れたのは左足だけで、あとは打撲だけだそうよ。頭も打ってるから、少し入院するみたいなの。命に別状があるわけじゃないから、安心して」

京子さんが微笑むと、春陽くんは力が抜けたように私の膝に倒れ込んできた。

長いため息をついて「よかった。お父さんが死ぬのかと思っちゃった」と呟いた春陽くんの頭をそっと撫でる。

拓也さんに会ったことはないけど、私もほっとした。一ノ瀬くんたちのお父さんが無事でよかった。

「それで、身の回りのものとか必要だろうから、お父さんのところに行ってくるわ。梓ちゃんがいるし、なるべく家は空けたくないんだけど、帰るのは夜中になると思う」

ごめんなさいね、と言われて慌てて首を振った。

「大丈夫です！　私のことは気にしないでください！」

「でも大事なお嬢さんを預かってるのに……」

「平気ですよ！　それより、拓也さんが元気だといいですよね」

「梓ちゃん……。ありがとう。なるべく早く帰れるようにするから」

京子さんは一ノ瀬くんに視線を向け、真剣な顔をした。

「千秋。頼むわよ」

「わかってる」

一ノ瀬くんは斜め前のソファーから腕を伸ばし、私の左手をそっと握りしめてきた。

その温かさと優しさに、心臓が大きく跳ねる。

「なにがあっても、俺がこいつを守るから」

思わず叫びそうになった。

こんなドラマでも聞かないような情熱的なセリフを一ノ瀬くんが言うなんて。

しかも私のことを守るって。

一気に沸騰したみたいに頬が熱くなる。

「任せたわ。春陽も、梓ちゃんのことを守ってね」

「もちろん！　兄ちゃんなんかに負けないから。梓おねえちゃんは僕が守る！」

ぐっと表情を引き締める春陽くんが、小さなナイトに見えた。

天使にぎゅっと抱きしめられて、嬉しくてたまらないのに、握られたままの左手に意識が集中してしまい、反応できない。

一ノ瀬くんはずるい。彼女がいるくせに、こんな思わせぶりなことしないでよ。

でもなにより、彼女がいる人に手を握られて喜んでいる自分が、恥ずかしかった。

「お隣さんにもお願いしていくから、なにかあったら頼るのよ」

「ああ。親父によろしく」

「お母さん！　お父さんに今度いつ帰ってこられるか聞いてきてね！」

「そうね。しばらく帰ってきてないものね」

それからしばらく家族の会話が続いた。

その間ずっと私の手は握られたままだったのだけれど、私は最後まで握り返すことができなかった。

朝、私は一ノ瀬くんの部屋にいた。

深い眠りについている彼の、可愛すぎる寝顔を黙って眺める。
一ノ瀬くんへの想いに気づいたせいか、寝顔がいつも以上に輝いて見えた。
「一ノ瀬くん……」
おでこにかかる前髪を、指の背でそっとはらう。
ねぇ、一ノ瀬くん。
どうして昨日、私の手を握ったの。
どうして私なんかにそんなに優しいの。
どうして彼女がいるのに、優しくするの。
どうして……森さんと付き合ってるの。
一ノ瀬くん。私じゃダメですか。
「……なんて、バカみたい」
ダメに決まってるじゃん、そんなの。
一ノ瀬くんの寝顔を見ていると、だんだん胸が苦しくなってきた。
見つめているだけでつらい。でも目に映さずにはいられない。
恋ってこんなにも厄介なものだったんだ。
全然知らなかった。
知らずにいたほうが、幸せだったのかな。

【side:CHIAKI】

「もうほっといて！　私が誰に告白されて付き合おうと、一ノ瀬くんには関係ないでしょ！」

佐倉のそんな可愛くないひと言に、ついカッとなる。

「この……！　ああ、そうかよ！　たしかに俺とお前はただの同居人だもんな！　それもたった一カ月の！」

鼻と鼻がくっつきそうな距離でそう言えば、佐倉の猫を思わせるような目が見開かれた。

「テキトーな奴と付き合って泣かされたって、知らねぇからな！」

そんな心にもないことを言った直後には後悔していた。

知らねぇからなって、バカか俺は。

気になって気になって仕方なくて、電車の中だってのに今日のことを聞いたくせに。

佐倉がどんな顔をしているのか見る勇気がない。

後悔するなら言わなきゃいいのに、こういうところがまだガキなんだと自己嫌悪。

そのあとは俺も佐倉も、無言で電車に揺られていた。

その夜、母さんから単身赴任中の親父がケガをしたことを知らされた。

さすがに放置というわけにもいかないらしく、母さんが入院に必要な荷物なんかをまとめに親父のところに行くという。

母さんの心配をよそに、佐倉は親父の心配をしていた。

自分が最近危ない目に遭っていることなんて、すっかり忘れている様子に頭が痛くなってくる。

母さんが俺に目配せしてきたので、小さくうなずいた。

「千秋。頼むわよ」

「わかってる」

腕を伸ばし、斜め前に座る佐倉の左手を握りしめた。

細く頼りない、柔らかな手に覚悟を決めた。

「なにがあっても、俺がこいつを守るから」

最近避けられてるけど、どんどん嫌われていっている気がしてるけど、だとしても関係ない。

佐倉が俺に守られるのを嫌がっても、俺は絶対に守りぬく。

手を振り払われたって構うもんか。

笑わせてやれないなら、俺にできるのは守ることくらいなんだ。

俺の言動に一瞬ムッとした顔になった春陽が、負けじと佐倉にアピールしている。

マセガキめ。まさか本気で佐倉を狙ってるんじゃないだろうな。

佐倉は気づかなかったけど、彼女を挟んで俺たち兄弟は火花を散らした。

『ガキは引っ込んでろ。いくら猫かぶったところで、小学生なんて対象外なんだよ』

『そっちこそ中途半端に邪魔してこないでよ。梓おねえちゃんに避けられてるくせに』

声に出さなくても視線だけで兄弟ゲンカは成りたつ。

こいつは佐倉の言うような天使なんかじゃない。

隙あらば佐倉の部屋に忍び込もうとするし、一緒に風呂に入るのもまだあきらめていないのは見ていてわかる。

可愛い見た目で牙と爪を隠した、小さな肉食獣みたいな奴なんだ。

佐倉は俺たちの様子に気づかなかったが、母さんは『こいつらに任せて本当に大丈夫なのか』と言いたげな、思い切り不安そうな顔をしていた。

嵐の夜

電車の窓を大きな雨粒が叩いている。

私は壁にもたれながら、ぐにゃりと歪む外の景色をぼんやりと眺めていた。

雨の日の電車の中は、じめじめと蒸し暑いし人も多くてうんざりするけど、いつもより薄暗い灰色の風景を眺めるのは好きだ。

天気予報で、今夜は大荒れだと言っていた。

京子さん、今日のうちに無事帰ってこられるだろうか。

ムリせず一泊してきていいって、家を出る前に一ノ瀬くんが伝えていたけど、どうかな。

私がいるせいでムリしそうで申し訳ない。

「佐倉」

いつものように、私を周囲から守るように腕を壁について立っていた一ノ瀬くん。

私が見上げると、至近距離で目が合った。

そのまましばらく無言が続く。一ノ瀬くんが呼んだくせに、一向に話そうとしない。

「……どうしたの？」

仕方なく私のほうから尋ねれば、後悔するような顔をされ、心が傷つく。

「今日、寄り道ナシな。まっすぐ帰るぞ」

なんとなく、一ノ瀬くんが本当に言いたかったことは、これじゃないんだろうなと思った。

でもそれには気づかないふりをして、小さくうなずく。

「うん。わかってる」

小鳥たちとくに約束もしていないから、そのつもりだった。

天気も悪いし、おとなしくしていよう。

「お前さ」

一ノ瀬くんがなにかを言いかけて、けれど言葉は続かず、開いた口が閉じられていく。

つい目の前の薄い唇をじっと見つめてしまい、慌てて視線を落とした。

あの唇で森さんとキスをしたんだ、なんて考えそうになった。朝からなにを想像しようとしてるんだ、私。

頭に一ノ瀬くんのため息が降ってきたけれど、顔を上げられない。

そのままお互い、駅に着くまで無言で電車に揺られていた。

昼休み、職員室に用事があって向かっている途中、廊下でばったり一ノ瀬くんと出くわした。

気まずいときほどよく会う気がする。

学校だし、誰かに見られるといけないし、とくに用事もなかったから、そのまま素通りしようとしたのに、すれ違うとき腕を掴まれてドキッとした。

「な、なに？」

「どこ行くんだよ」

「どこって、職員室だけど……」

「今はやめとけ」

「どうして？」

なんだか焦っているような声に聞こえたけど、気のせいかな。

「あー……この先で、男子がケンカしてたから」

「ケンカ？　それなら止めないと」

「いや。それより職員室に行くなら、階段下りて少し遠回りして行けばいい」

やっぱりなんか、焦ってる？

おかしいなと思っていると、廊下の向こうから歩いてくる男女が見えた。

高橋くんと、あの三年生のマネージャーさんだった。

お互いほんのり頬を染めて、幸せいっぱいな笑顔で隣を歩いている。

「あのふたり、遠目に見てもお似合いだよね」

私の呟きに、なぜか一ノ瀬くんが舌打ちした。

意味がわからない。

「もう、なんなの？」

「うるせー。だからやめとけって言ったのに」

だから、の意味がますますわからないんですけど！

言い返そうとしたとき、背後から「千秋ー！」という声が聞こえてきて、慌てて一ノ瀬くんの手を振り払った。

森姉妹が来る。ふたりでいるところを見られるのはまずい。

「じゃあね！」

一ノ瀬くんの顔も見ずに、駆け足で職員室へと向かう。

高橋くんたちは階段を上がったのか下りたのか、もう姿が見えなくなっていた。

「千秋ってばどこ行ってたの〜？」

「メッセージ送ったのに、見てないでしょ〜」

森姉妹の甘えた声が、前よりねっとりと耳の奥にこびりついた。

これも私が一ノ瀬くんへの恋に気づいて、嫉妬しているからなのかな。

恋なんて、全然いいものじゃないや。つらくて苦しいばっかりだ。

一ノ瀬くんの腕に絡みつく森姉妹の姿を想像してしまい、ますます胸が苦しくなる。

逃げるように廊下を進み、誰の声も聞こえなくなったところで足を止めた。

「もうやだ……」

つい弱音が口からこぼれ落ちた。

ため息をついたとき、後ろで足音がしてハッと顔を上げ振り返る。

そこに立っていたのは、一ノ瀬くんには絶対見せることはないだろう、冷たい表情をした森さんだった。

髪の結びで、姉のほうだとわかる。

「あんたさあ。千秋のなんなの？」

刺々しい声がかけられ、肩が跳ねた。

「な、なにって、ただの同級生ですけど……」

「私が前に言ったこと、覚えてないわけ？　目ざわりだから千秋に近づくなって言ったはずだけど」

「それは、高橋くんが知り合いだから、たまたま一ノ瀬くんと話す機会があるだけで」

「たまたま、電車でべたべたしてるって？」

カッと顔が熱くなる。

べたべたなんて、一体誰がそんなことを。あれはただ、一ノ瀬くんが私を守ろうとして立ってくれているだけなのに。

「この際だからはっきり言うけど、千秋はうちの五鈴と付き合ってんの。あんたは人の彼氏に手ぇ出してんだよ。わかってんの？」

人の彼氏に……。

森さんの言葉がぐっさりと深く胸に突き刺さった。

そんなつもりはなかったけど、森さんから見ればそういうことになるんだ。

「手なんて、出してない」

「はあ？　千秋のこと好きじゃないって言うわけ？」

「そ、それは……」

言いよどむ私を、森さんが鋭い視線で射抜く。

好きじゃない。

好きなわけない。

そう言うべきだって、頭ではわかってる。私と一ノ瀬くんが同居していることは、学校では秘密にすると誓ったんだから。

でも、言えなかった。好きじゃない、なんて嘘はつけない。

初めての恋を、自分で否定したくなかった。

「やっぱ千秋のこと狙ってんじゃん」

「狙ってるとかじゃ……」

「好きで千秋に言い寄ってんでしょ？　それで狙ってないって？　バカにすんな」

軽蔑するように言われて、唇を噛む。

どうして人を、一ノ瀬くんを好きになったことを、軽蔑されなくちゃいけないんだろう。

好きになってしまった人に、彼女がいた。それだけだ。

彼とどうこうなりたいなんてことを望んだわけでもないのに。

「だったら……あなたは？　一ノ瀬くんのことが好きなんじゃないの？」

「ちがう。千秋は五鈴のなの」

「でも、あなたも一ノ瀬くんが好きで、言い寄ってるんでしょ？」

「そんなつもりないし！　五鈴が千秋と幸せになれるように、私がフォローしてるだけ！　私はあんたとは違う！」

「じゃあ……。一ノ瀬くんと妹さんがキスをしてるところを見ても、胸が苦しくなったり、悲しくなったりしないの？」

私の問いかけに、森さんはぐっと言葉に詰まり、顔をゆがめた。

「あんたに……なにがわかるっていうの」

「……私、今まで人を好きになったことがないから、わからないことのほうが多いけど。でも、好きな人に好きになってもらえないつらさだったら、ちょっとはわかるつもりだよ」

好きな人には彼女がいて、自分はどうしたって彼の特別にはなれない。

そういうどうにもならない事実に、心が潰れそうになることがあるってことを、一ノ瀬くんを好きになって知った。

これまでは恋愛に一喜一憂する人を、どこか冷めた目で見ていた気がする。男なんてみんなしょうもないのに、夢中になるなんてバカみたいって。

私は全部わかったような気でいて、けれど実際はなにもわかっていなかった。

恋がどんなものか。どんなふうに人を変えるか。なにも知らなかったのだ。

「やめて。わかるわけない。私と五鈴の気持ちが、他人にわかるわけないの」

痛みを堪えるように、森さんは呟いた。

「中学のときは、五鈴が我慢してくれた。だから今度は私の番。私と五鈴は見た目だけじゃなくて、中身も似てる。千秋とほかの誰かが付き合うより、五鈴なら祝福できるし、私も救われるの」

「……ごめんなさい。私にはそれはわからない。妹に自分を重ねて、それで幸せになれるなんて思えないよ」

私に妹がいたとして、一ノ瀬くんとその妹が付き合うことになったら……きっと、嫉妬してしまう。

ふたりを見るたびモヤモヤして、妹にも優しくできない。好きだから。

これっておかしいのかな。本当に好きなら、相手がほかの誰かと幸せになることを祝福できるんだろうか。

それができない私はひどい奴なのかな。心が狭いのかな。

私と森さんの好きの違いは、なんなのだろう。

「わかってもらいたいなんて思わない。それより私たちのことなんて、考える余裕あんの？　言っとくけど、あんたに勝ち目なんてないの。私、中学のとき千秋と付き合ってたんだから」

「え……？」

ふたりは付き合っていた？

妹じゃなく、姉のほうとも一ノ瀬くんは付き合ってたの？

「高校入る前、受験で忙しくて別れたの」

「忙しいってだけで、別れるの……？」

あの一ノ瀬くんが？

信じられなかった。好きなら、別れないんじゃないの？　勉強に集中するために距離くらい置くかもしれないけど、別れなきゃいけないなんておかしい。

そう言うと、鼻で笑われた。

「重要なのはそこじゃないから。私は別れたから、今度は五鈴の番。私たちは同じなの。千秋は私と同じ五鈴とまた付き合ったってこと。この意味わかる？」

よほど好きで、相性がいいってことじゃん。

そんな森さんの言葉に、心が冷えていくのを感じた。

一ノ瀬くんはそれくらい、森さんたちがタイプだってことになる。ふたりは私と全然違う。私はまるで、一ノ瀬くんの好みじゃないってこと。

「そんなふたりの間に割って入るなんて、自分にできると思ってんの？」

もう森さんの言葉の半分も、私の頭には入ってこなかった。

そのあとも彼女はなにか、勝ち誇ったように喋っていたけれど、私の反応が薄かったからか、そのうち「わかったら千秋に近づくな」と吐き捨てるように言って、去っていった。

結局、森さんの気持ちは私には理解できなかった。好きという気持ちにも種類があるのだろうか。

私の好きはもしかして、ひとりよがりなのかな。

「中学のときも、森さんと付き合ってたんだ……」

ただ同じ中学だっただけって言ってたのに。

全然、ただじゃないじゃん。お姉さんが元カノで、妹が今カノなんじゃん。

嘘つき……。

一ノ瀬くんに本当のことを言ってもらえなかった寂しさと、この恋が本当に叶うことはないんだという事実に、私は自分でも驚くほど打ちのめされていた。


夜、お風呂に入ったあと、春陽くんとはちみつを垂らしたホットミルクを飲んでいた。

リビングの窓が強い風でガタガタと音を立てるたび、私も春陽くんもビクッと肩を跳ねさせては、身を寄せあう。

「窓割れちゃわないかな……」

「だ、大丈夫じゃないかな」

「お母さん、帰ってこられるかな」

「それは……どうかな。危ないからムリしないほうがいいと思うけど」

時間が経つごとに、雨風はどんどん強くなっていく。

この暴風雨の中帰ってくるのは、車があっても危険じゃないだろうか。

そのときピカッとカーテンの向こうが一瞬光った。数秒後、ゴロゴロとうなるような雷の音が響いてきて、私たちは隙間なくピタリとくっついた。

震えることしかできないなんて、自然の脅威の前で、人間てなんて無力なんだろう。

「僕、雷嫌い」

「私も苦手かなあ。今のは遠そうだったからいいけど……」

「家に落ちたらどうなっちゃうの？」

「い、家の中なら平気なんじゃないかな。電気系統はやられちゃうのかもしれないけど……」

「僕らは感電しない？　死なない？」

「感電なんて言葉、よく知ってるね。たぶん大丈夫。地面に流れるようになってるから」

って、テレビかなにかで観た気がする。

うろ覚えだけど、とにかく今は春陽くんを安心させてあげないと。

まだ湯気のたつカップをテーブルに置いたとき、一ノ瀬くんがリビングに入ってきた。

「……なにしてんだ」

ソファーの上でくっついている私たちを見て、目をすがめる。

肩にかけたタオルで濡れた髪をふきながら、もう片方の手にはスマホを握っている。

森さんとメッセージのやりとりでもしてるのかな。

この天気だもん、彼女を心配してもおかしくない。

「兄ちゃんにはわかんないよ。僕らのこの恐怖は」

「そうだよ。一ノ瀬くんには怖いものなんてないんでしょ」

「なんだ。雷が怖いのか。お前らガキだな」

鼻で笑われムカッときた。

「雷だけじゃありませんけど！　この風と雨もフツーに怖いですけど！」

「それ、威張って言うことか？」

「兄ちゃんだってそんなこと言って、雷に打たれたら死ぬくせに！」

「はあ？　当たり前だろ。俺をなんだと思ってんだよ」

呆れたように言われ、私と春陽くんはそろって唇を尖らせた。

ギュッとお互い抱きしめあう。わかりあえるのは私たちだけだ。

「兄ちゃんの鬼畜！　冷血漢！」

「そうだそうだ！　いいもん。私たちは雷が苦手なもの同士、一緒に寝るもんね！」

「えっ！　梓おねえちゃんと一緒に寝ていいの？」

「当たり前だよ！　雷が鳴っても、こうしてくっついて寝れば怖くないよね」

ぎゅーっと春陽くんを抱きしめながら言えば、一ノ瀬くんが「ダメに決まってんだろ」と不機嫌そうに言いはなち、春陽くんを引きはがそうとしてくる。

慌てて春陽くんの身体を強く抱き寄せた。

「別にいいでしょ！　弱いもの同士一緒に寝たって！」

「お前な……。いいわけあるかよ。あれほど俺が自覚しろって──」

「一ノ瀬くんには関係ないじゃん！　放っておいてよ！」

私の言葉に、一ノ瀬くんは怒ったような、傷ついたような複雑そうな表情を一瞬見せた。

けどすぐに「勝手にしろ！」と切り捨てるように言って、リビングを出ていってしまった。

ああ、もう。どうして私ってこうなんだろう。

好きなのに、素直になれない。好きという自分の気持ちにも自信がもてない。

私の気持ちは、一ノ瀬くんの迷惑にしかならないんじゃないかって。

「梓おねえちゃん。大丈夫……？」

「春陽くん……ごめんね」

「どうして謝るの？　僕、梓おねえちゃんと一緒に寝れるの、嬉しいよ」

そう言って慰めるように笑ってくれた春陽くんを、ぎゅうぎゅうと力いっぱい抱きしめた。

起きていても不安が大きくなっていくだけなので、私たちは早めに寝ることにした。

どちらの部屋で寝るか話しあい、私の使っている客間に決まった。

ひとつの布団にくっついて入る。ちょっと狭いけど、この狭さが妙に安心できた。

春陽くんもお泊り会感覚になるのか、クスクス笑っていて、恐怖は薄れたように見える。

「なんだか、変な感じだね」

「うん。楽しいね」

「これなら眠れそう？」

「んー……たぶん。ちょっと眠い」

「よかった。寝ちゃっていいからね」

「梓おねえちゃんは？」

「春陽くんの身体ぽかぽかしてあったかいし、私もすぐ眠れそうだよ」

それからそう時間の経たないうちに、春陽くんは静かな寝息をたてはじめた。

私もすぐに眠れると思ったんだけど、お母さんからメッセージが来ていたことを思い出して、それに返信していたらすっかり目が冴えてしまった。

窓に雨風が激しくぶつかり、ガタガタと不穏な音が鳴る。

日本は今こんな天気だけど、向こうはどうだろうか。

「お父さんもお母さんも、元気そうでよかった……」

現在両親は現地で会社が所有している集合住宅で生活していて、お父さんは相変わらず生活能力ゼロのポンコツらしい。

仕事はバリバリがんばってるから、差し引きゼロよねってハートマークつきでお母さんはメッセージをくれていた。

なんだかんだ、一ノ瀬くんの家で生活してもうすぐ一カ月が経つ。

両親が帰ってくるまで、予定ではあと数日だ。

あっという間だった。一カ月なんて長すぎる、絶対ムリって思ってたのに、終わりが近づいて寂しさがどんどん増している。

こんなふうに自分が変わるなんて、同居を始める前は想像もしていなかった。

男の子と仲良くなることも、男の子に惹かれることも、そして男の子に恋するなんてことも、ありえないと思っていたのに。

たった一カ月で、私は大きく変わった。一ノ瀬くんのおかげで、変わってしまった。

もう元には戻れない。

「好きにならせた責任とってよ……」

小さく呟いた直後、真っ暗な部屋が白く光った。

ゴロゴロと音がして、ちょっと外を確認しようかと身を起こしたとき、再び窓が明るく光った。

「ひっ……⁉」

同時にそこに、人のシルエットが浮かんで息を飲む。

見間違い？

こんな悪天候の中、人がいるわけがない。

しかもここは二階だ。窓の向こうに小さなベランダはあるけれど、一体誰がそんな所にいるというのか。

けれどもう一度雷が落ち、はっきりと人の影が浮かんだ瞬間、私は悲鳴を上げていた。

雨の音が激しくなり、悲鳴がかき消される。

そのなかでパリンとなにかが割れる音がしたと思えば、ぶわりとカーテンが舞いあがった。

手が見えた。窓ガラスが一部割られて、そこから腕が伸びている。

ゴツゴツとした手が、窓の鍵を開けるのを、信じられない気持ちで見届けた。

目の前で、窓がゆっくりと開かれる。

カーテンが千切れそうなほど激しく舞い、雨が室内に飛び込んでくる。

左腕が重くなった。さっきの私の叫びでか、春陽くんが目覚めていた。

大きな目をさらに大きく見開いて、私の腕に抱きつくようにしてガタガタと震えている。

守らなきゃ。

私が、この子を守らなきゃ。

黒い影が、得体の知れないなにかが部屋に入ってきた。

華奢な身体を抱きしめ、力の限り叫んだ。

「一ノ瀬くん助けてー!!」

激しい雨音がなければ、近所に響き渡るような声が出た。

それに慌てたように、影が近づいてくる。

もうダメだ、と思った瞬間、部屋のドアが勢いよく開かれた。

「佐倉!?」

新しく現れた別の黒い影が、私に迫っていた影を殴り飛ばした。

棚にぶつかり、ふたりとも、なにかが落ちる音がする。

「無事か、ふたりとも!」

「一ノ瀬くん……っ」

「兄ちゃあん！」

一ノ瀬くんが、助けにきてくれた。

いつもの寝間着姿で、駆けつけてくれた。

「ふたりとも、ケガは？　なんかされてないか？」

震えながら涙を流す私と春陽くんをまとめて抱きしめながら、一ノ瀬くんが尋ねる。

言葉が出てこなくて、首を振ることで答える。

一ノ瀬くんの腕の中を、改めて世界一安心できる場所だと思った。

彼の背後で、男のうめき声が聞こえハッとする。

一ノ瀬くんも気づいたようで、私たちを守るように背中に隠すと、床に倒れ込みうめく影を、勢いよく蹴った。

黒い影がカエルがつぶれたような声を上げ、咳き込む。

一ノ瀬くんは肩にかけていたタオルで影の腕を縛り、それからそばにあった私のパーカーで脚も縛りつけた。

「佐倉、スマホ貸して」

影から目をはなさないようにしながら、一ノ瀬くんが手をさしだしてくる。

急いでスマホを手渡すと「警察呼ぶから、部屋出てて」と言われた。

「い、一ノ瀬くんは……？」

「こいつ見てる。お前は一緒の空間にいたくないだろ。春陽とリビングか、俺の部屋で待ってろよ」

「でも……」

一ノ瀬くんをひとりにできない。

私も一ノ瀬くんから離れたくない。

不安で不安でたまらない。

一緒にいたい。

そう言おうとしたけど、咳き込んでいた影が「くそ……なんでだよ！」と喋りだしたので悲鳴を上げた。

男だ。わりと若い、男の声。

一ノ瀬くんが焦ったように私の身体をドアに向かって押しやる。

「春陽！ 佐倉を連れてけ！」

「あ、梓おねえちゃん。行こっ」

春陽くんに手を引かれ、私はガタガタ震えながら、荒れた部屋をあとにした。

ドアが閉まる直前、男の「ちくしょう、殺してやる」という呪詛(じゅそ)のような声を聞いてしまい、ゾッとした。

私、殺されるところだった……？

そのあと警察が来るまで、生きた心地がしなかった。

あの赤いランプを、こんなにも待ちわびたことはなかった。

何台ものパトカーが外に停まり、たくさんの警察官が一ノ瀬の家になだれ込んできたのは、部屋を出てから数分後のことだった。

警察官たちはまっすぐ二階を目指し、言い争うような声が聞こえたあと、一ノ瀬くんだけが一階に降りてきて、私を強く抱きしめてくれた。

「よ、よかった、一ノ瀬くんが無事で……」

「バカ……それはこっちのセリフだ」

おでこにキスをされたけど、それをおかしく思う余裕すらなかった。

私が春陽くんを抱きしめ、一ノ瀬くんが私を抱きしめ、警察が男をパトカーへ連行する間三人ひとつに固まっていた。

なにか男が叫んでいたけど、そのときは一ノ瀬くんの大きな手が私の耳をふさいでくれて、呪詛はもう聞こえなかった。

警察の人たちが帰ったときには、とっくに日付は変わっていた。

春陽くんは隣のお家に事情を説明して預かってもらった。不安そうにしていたけど、ここにいるよりいいだろうと一ノ瀬くんも私も同じ意見だったから。

京子さんにも連絡を入れたけど、この天候で運転見合わせになり足止めされているらしい。

私のことをものすごく心配してくれて、家にいなかったことを悔やみ何度も謝ってくれた。

京子さんのせいではまったくないし、一ノ瀬くんが守ってくれたから大丈夫と言ったけど、きっと責任を感じてしまってるんだろうなあ。

警察の人たちの手で応急処置された窓ガラスや、荒れた室内を見て、一ノ瀬くんとため息をついた。

ふたりで手分けして掃除をし、終わったころには疲労困憊で倒れそうだった。

今日が休みでよかった。あと数時間後には準備をして学校に行くなんて、絶対ムリ。

「……寝るか」

リビングで温かいお茶を飲んだあと、一ノ瀬くんもぐったりした様子でそう呟いた。

今日は警察に出向いて昨日のことを話さなくちゃいけない。きっと疲れるだろうから、休めるうちに休んでおかないと。

「そうだね。少しでも寝ようか」

「お前の部屋はあれだから、今日は春陽の部屋使えよ。そのほうがいいだろ」

「うん。ありがとう」

あの部屋が使える状態だったとしても、今日はさすがにあそこで眠れる気がしなかった。

ふたりで二階に向かい、ドアの前でお互い見つめ合う。

「……大丈夫か？」

「なにが？」

「いや。なんでもない」

「そっか。おやすみなさい、一ノ瀬くん」

「ああ。おやすみ」

ふたり同時にドアを開け、同時に中に入った。

ドアの閉まるタイミングも同じだったと思う。

春陽くんの青と白が基調の部屋には、天井に暗闇で光る星のシールが貼られていて、ぼんやりと黄緑色の光を放っていた。

警察の人たちがいなくなって、静けさが戻ってきて、さっき自分の身に起きたことは夢だったんじゃないかと思えてくる。

でも、夢じゃない。実際に窓が割られ、見知らぬ男が侵入してきた。

目的はわからない。盗みを働こうとしたのか、私をどうこうしようとしたのか、殺そうとしたのか。

ただ、男は警察に、私のことをずっと見ていたと話したらしい。

心当たりがあるか聞かれ、私はないと答えたけど、一ノ瀬くんが電車で何度か痴漢に遭ったこと、学校帰りあとをつけられたり追いかけられたこともあると説明してくれた。

前に一度警察に相談したことも一緒に。

大事なことをどうして言わないのかと、若干呆れた顔をされたけど、同一人物だなんて思いもよらなかったんだから、許してほしい。

侵入してきた男は、私が狙いだったのかな。

だとしたら、もう痴漢に遭ったり、追いかけられたりしなくてすむのかな。

安全なのかな。

でも春陽くんのベッドをかりて横になると、だんだん身体が震えはじめた。

もう大丈夫なはずなのに。男は捕まって警察に連行されたんだから、またここに現れることはないと、頭ではわかっているのに。

雷の光に浮かびあがる、黒いシルエットが頭に焼きついて消えない。顔もよく見えなかったから、あの黒いシルエットだけが男の印象として残っていた。

また窓を割って現れるんじゃないか。

そんな想像ばかりしてしまい、疲れているはずなのに、一向に眠気は訪れそうになかった。

「ムリ……っ」

だんだんと不安な気持ちがふくらんで耐え切れず、枕を抱えて部屋を出た。

まだ手が小刻みに震えている。

とにかくひとりでいたくなくて、一ノ瀬くんの部屋の前に立っていた。

迷いながらも、控えめに二回ノックする。

「一ノ瀬くん。もう寝ちゃった……？」

声をかけたあと、すぐにドアが開かれて一ノ瀬くんが顔を出した。

「佐倉。どうした？」

「ごめんね。あの、なんていうか。た、たいしたことじゃないんだけど……」

枕を抱きしめながら視線をさまよわせていると、静かな声で「怖いのか」と言われ、涙が出そうになった。

黙ってうなずくと、温かい手に手を握られて、部屋の中に引きいれられた。

暗い部屋の中を、一ノ瀬くんはためらいなく進む。

いつも朝の明るい光の中で見る部屋の印象とは違って、まるで初めて来た部屋のように感じた。

「寝るぞ」

「……えっ」

短く宣言すると、一ノ瀬くんはベッドに上がり、横になる。

そして奥に詰め、ひとりぶんのスペースを開け、私を見上げた。

「さっさと入れよ。ちょっとでも寝ときたいだろ」

「で、でも」

「ひとりじゃ眠れないんだろ？　だったら一緒に寝るしかねぇじゃん」

早く、と急かされ、考えることを放棄し一ノ瀬くんの隣に枕を置いて寝転がった。

緊張して一ノ瀬くんに背を向ける姿勢にしたけど、布団をかけられた次の瞬間には、温かい腕に抱きしめられ、緊張も吹き飛び頭が真っ白になった。

ベッドの中で、一ノ瀬くんに、抱きしめられてる……!?

耳元で一ノ瀬くんの吐息がして、びくりと肩が跳ねた。

「……そんな固くなんなよ。なにもしねーから」

「ご、ごめん」

「なにも考えなくていい。とにかく寝ろ」

そうは言われても、さっきとは別の意味で眠れる気がしない。

でもそのあと続いた一ノ瀬くんの言葉に、心から安心できて、全身から力が抜けた。

「なにがあっても、お前のことは俺が守るから」

いつもの感じの悪さはみじんもない、真摯な声だった。

うん、知ってる。信じてる。

一ノ瀬くんは絶対に、私を守ってくれるって。

この腕の中は、世界で一番安心できる場所なんだって、私はとっくに知ってるよ。

「ありがとう、一ノ瀬くん……」

ありがとう。大好き。

あなたのことが、本当に好き。

仕方ないよね。こんなに優しくて、かっこよくて、頼りがいのある、信頼できる人なんだもん。

好きになることを許してね。

一ノ瀬くんの体温と、呼吸の音を聞きながら、私はいつしか眠りに落ちていた。

恐怖はみじんも感じず、幸せな夢を見られた気がした。


いつもより少し遅い朝。

目覚めたとき、すぐそばに一ノ瀬くんの寝顔があってほっとした。

彼の綺麗な寝顔を見れば見るほど、苦しいくらいの愛しさがわき起こって、泣きたくなる。
あなたを見て、こんな気持ちになるなんて、想像もしていなかった。
「……好き」
どうしようもなく、あなたが好きです。
ひとりよがりな私の気持ちは、きっと一ノ瀬くんにとって迷惑にしかならない。
だからこの恋は秘密にしたまま、同居生活を終わらせよう。
せめて楽しい思い出として、一ノ瀬くんの中に残ってくれたらいい。
彼の寝顔を見つめながら、そう願った。

同居生活
終了です!

京子さんは帰ってきて早々、私を抱きしめながら「ごめんね」と何度も言って泣いた。やっぱり一晩中心配してくれていたらしい。

お母さんにももう連絡してくれたそうで、私は京子さんを抱きしめながら「大丈夫」と「ありがとう」を繰り返した。

京子さんと訪れた警察で、一ノ瀬の家に侵入した男が、私のストーカーだったことがわかった。

しかも私が中学生の頃からそういった行為をしていたと聞いてゾッとした。

少し前まではただ離れたところから眺めていただけらしい。時にはあとをつけることもあったけれど、直接危害をくわえようとしたことはない、と。

けれど私が一ノ瀬くんの家で居候をすることになってから、状況が変わった。

ふだん異性とほとんど関わることがない私が、行きも帰りも一ノ瀬くんと行動を共にするようになり、裏切られたと感じるようになったらしい。

これを聞いたとき、ちょっと意味がわからなかった。

裏切るもなにも、私は相手の顔も、名前も、存在さえも知らなかったのに？

私は知らないうちに、誰かを裏切っていた？

混乱しそうになった私を支えてくれたのは、やっぱり彼だった。

「ストーカー野郎の言うことに耳を貸す必要はねぇよ。忘れろ」

一緒に来てくれた一ノ瀬くんが、私の手を握ってそう言ってくれたから、私は素直にうなずくことができた。

自分でも甘えてるなと感じてはいた。でも、今だけ。あとちょっとだけ。

そう言い訳をして、一ノ瀬くんのくれる優しさと温かさを、胸に沁み込ませた。


警察に行った次の日には、お母さんが予定を切りあげひとり帰国してくれた。

お父さんは会社の所有する部屋からホテルへと移り、残りの日数を過ごすらしい。

帰ることができなくてすまない、と電話で言われ、平気だと笑って見せた。

一ノ瀬くんが守ってくれたから、私は傷ひとつ負わずにすんだ。

本当に全部、一ノ瀬くんがいてくれたおかげ。

引き継ぎをしたらすぐに戻る、と沈んだ声で言ったお父さん。

きっと今すぐにも日本に戻ってきたいんだろうなあ。

それが伝わってきたから、笑って「お仕事がんばってね」と言えた。

「一カ月、お世話になりました！」

日曜の午後。

帰国して迎えに来てくれたお母さんと、一ノ瀬家の玄関で頭を下げた。

「本当に、たくさんご迷惑かけちゃったわ。窓やなんかの修繕費、うちで出させてね」

「なに言ってるの！　こちらこそ、大事な娘さんを危ない目に遭わせちゃったんだもの。窓くらい全然よ。気にしないで」

京子さんが言うと、少し後ろに立っていた一ノ瀬くんが一歩前に出て、私たちに向かって深く頭を下げた。

「梓さんを危険な目に遭わせてしまい、申し訳ありませんでした」

「い、一ノ瀬くん⁉」

慌てて一ノ瀬くんの肩を掴み、顔を上げさせた。

一ノ瀬くんが謝る必要なんてこれっぽっちもない。

「やめて！　一ノ瀬くんが私を守ってくれたんだよ！」

「そうよぉ。うちの梓を守ってくれて、本当にありがとう。千秋くん」

私たち親子の言葉に、一ノ瀬くんは固い顔で頭を振るだけだった。

そしてその足元では、癒しの天使、春陽くんが大きな目に涙をいっぱいためて私を見上げていた。

「梓おねえちゃん、行っちゃうの……？」

「春陽くん……。ありがとう。春陽くんと過ごせた一カ月、本当に楽しかった」

「僕だって……！　やだよ～！　梓おねえちゃん行かないで！」

ずっとうちにいて！と泣く春陽くんを、力いっぱい抱きしめた。

この天使にどれだけ救われたかわからない。

私は春陽くんが、一ノ瀬兄弟が、一ノ瀬くんのおうちが、本当に大好きになっていた。

「こら、春陽。あんた来年中学生になるんだから、もうそんなわがまま言わないの」

「でもまだ小学生だもん！　やなもんはやだ！」

「まったく……。梓ちゃん。私も梓ちゃんのいた一カ月、娘ができたみたいで楽しかったわ。怖い目に遭わせちゃったけど、嫌じゃなければ、いつでも遊びに来てね？」

「京子さん……。はい、ぜひ！」

「やだ～！　梓おねえちゃあん！」

私に抱きつく春陽くんを引きはがし、京子さんが深々とため息をつく。

私もここを離れるのは寂しいけど、楽しい時間は終わりだ。

明日からは元の日常に戻る。

「一ノ瀬くん」

そっと右手をさしだした。

一ノ瀬くんは黙って、その手を握り返してくれる。

「たくさん、ありがとう。同居相手が一ノ瀬くんで、本当によかった」

「……俺も。お前でよかったよ」

そう言って優しく笑ってくれた一ノ瀬くん。

明日から、朝、彼の天使すぎる寝顔を見ることはできなくなる。その美しさにうっとりしたり、悶えたりすることもなくなる。

ただ学校で顔を合わせる、同級生というだけの関係に戻るんだ。

秘密の同居は今日でおしまい。

「また、明日ね」

「ああ。学校で」

キャンキャンと高い声で吠えるマロと、いつまでも手を振る春陽くんや一ノ瀬くんたちに見送られ、私は一カ月ぶりに自分の実家へと帰った。

家に着いて自分の部屋に入ると、安心して力が抜けたけど、同時に胸を乾いた風が吹き抜けていった気がした。

月曜の朝。

家の玄関を出たときの景色を、ひどく懐かしく感じた。

マンションの十二階からは、同じようなマンションや、ビルの群れと、その隙間から青空が見える。

一ノ瀬くんのお家は、玄関を出るとすぐに庭と屋根つきの車庫が見えて、向かいの家の犬がよく柵の間から顔を出していた。

「行ってきます！」

「行ってらっしゃい、梓ちゃん。気をつけてね」

お母さんに見送られるのも久しぶりで、少しくすぐったく感じながら駅へと走った。

ひとりで電車に揺られ、ひとりで学校の最寄り駅で降り、ひとりで学校に向かう。

この一カ月はずっと一ノ瀬くんと一緒だった道のり。

そんなに仲良くたくさん会話したわけじゃないけど、いつだって彼がすぐそばにいた。ううん、いてくれたんだ。

寂しくないわけがない。

元に戻っただけなのに、と考えていると、前方に見覚えのある後ろ姿を見つけ、思わず駆けだした。

「一ノ瀬くん……！」

私の声にギョッとしたような顔で振り返った一ノ瀬くん。

でも会えたことが嬉しくて、それを気にすることなく話しかけた。

「お、おはよう！」

「ああ、うん。おはよう」

「なんか、変な感じだね。外でおはようって言うの」

「ああ、まあ。そうかもな」

「っていうか、ひとりでちゃんと起きられたんだ？」

「つーか、元々ひとりで起きてたし。お前が寝込みを襲いにきてただけだろ」

「お、襲ってないよ！　そっちが押し倒したりしてたんじゃん！　変なこと言わないでよね！」

立ち止まって騒いでいると、同じ学校の生徒にじろじろ見られてしまった。

また噂にでもなって、森姉妹の耳に入ったらまずいよね。

同居は終わったけど、一ノ瀬くんは森さんと付き合っているわけだしね……。

「立ち止まってないで、行こうよ」

「あー……うん」

「どうしたの？　行かないの？」

動こうとしない一ノ瀬くんに首を傾げる。

一ノ瀬くんは学校のほうに背を向けたまま、気まずげに頭をかくだけで、立ち止まったまま。

なにか隠してる……？

目だけで彼の後ろをうかがえば、また見覚えのあるシルエットを見つけた。

「あれ？　高橋くんじゃん。朝練なかったのかな？」

「あー……。大会が終わったとか、なんとか」

「そうなんだ？　って、一緒に来たんじゃないの？」

私が歩きだすと、一ノ瀬くんも慌てたようについてくる。

なんでこんなに挙動不審（きょどうふしん）なんだろう？

不思議に思いながら早歩きをして前方を歩いていた高橋くんに追いついた。

そしてすぐに、一ノ瀬くんがひとりで歩いていた理由を知る。

高橋くんは、サッカー部のマネージャーである先輩女子と歩いていた。

なるほど、彼女との時間を邪魔しないよう、遅れて歩いてたんだ。

「やっぱり一ノ瀬くんて、優しいね」

「はあ？　なんでそういう話になるんだよ。意味わかんね」

ふてくされたように言うのも照れ隠しだって、今はわかってる。

好きだなあ、この人のことが。改めてそう思った。

校門の前で、高橋くんの彼女は友人に声をかけられたようで、ふたりは別れていた。

高橋くんが振り返り、私たちに気づいて軽く手を上げてくれる。

「ほら。高橋くん呼んでるよ。行こ」

「お前は……。ほんと能天気な奴だな」

「ええ？　いきなり悪口？　ひどくない？」

「俺が誰のために気ぃ遣ってやってると思ってんだか……」

「一ノ瀬くん？　なに言ってるの？」

ブツブツなにか文句を言っていた一ノ瀬くんだけど、「なんでもねーよ」と呟いて先に高橋くんの元へ向かう。

なんだか機嫌が悪い？　でも、どうして？

目覚めが悪かったのかなと思いながら広い背中を追いかける。

「おはよう、佐倉さん！」

「おはよう、高橋くん。見たよ。彼女と一緒だったね？」

「あ、うん。あはは。見てた？」

ポッと頬を染めて、照れくさそうに笑う高橋くん。

幸せいっぱいといったその表情に、私も嬉しくなる。

「仲良いんだね。羨ましいなぁ」

「佐倉さんのおかげだよ。あのとき佐倉さんが傘を貸してくれたから、先輩と付き合えたんだから。本当に感謝してる」

「いやいや、そんな。たいしたことじゃないよ」

「先輩も、佐倉さんによろしくって言ってた。俺たちのキューピッドだからね、佐倉さんは」

そんなことを言われて、光栄なような、恐れ多いような。

恩人の役に立てたんだから、それだけで私にとっては充分だ。

そう言おうとしたけど、一ノ瀬くんがなぜか間に割り込んできて、不機嫌そうに私を背中へと押しやった。

「くだらねぇこと話してないで、行くぞ」

「ええ？　くだらないって、ひどくない？　俺と先輩の付き合った話をくだらないって……」

「高橋。デリカシーって言葉知ってるか？」

「知ってるよ！　お前に一番言われたくない言葉だよ！」

「いいから行くぞ」

「なんだよ、用事があるなら先に行けよ。俺は佐倉さんに今大事な話をしてるんだから」

ねぇ、佐倉さん？と高橋くんに話を振られ、私もよくわからないままうなずいた。

一ノ瀬くんは不機嫌そうな顔のまま「さっさとしろよ！」と舌打ちしそうな勢いで吐き捨てると、先に校舎へと向かってしまった。

それを高橋くんと見送り、お互い顔を見合わせる。

「あいつ、なんであんな不機嫌なの？」

「さあ……。私、なにか気に障るようなこと言ったかなあ」

そういえば、少し前から一ノ瀬くんはあんな態度になることがあった。

少し前も廊下で……そうだ。あのときも廊下の向こうに高橋くんがいた。

まるで高橋くんと私を会わせたくないみたいな態度だった気がする。

「佐倉さん、いつの間にかすっかり一ノ瀬と打ち解けたみたいだね？」

「え？　ああ……うん。高橋くんの言っていた意味が、よくわかったから。一ノ瀬くんて、本当に優しい人だね」

「だろ？　あいつ、ほんといい奴なんだよ。ああいう見た目だから、女子にまとわりつかれてうんざりして、わざと冷たい態度とったりしてるけど。実はすごく優しいんだよ。本当に困ってる人は見捨てておけないし」

「そうだよね。私、一ノ瀬くんには何度も助けてもらったし」

痴漢やストーカーから、彼は私を一カ月守り続けてくれた。

彼女に悪いと感じるくらい、優しくしてもらった。

好きになってしまうくらい、大切にしてもらった。

私は彼に、なにも返せていないのに。

「あ。もしかして佐倉さん、あのときのこと気づいてたんだ？」

突然高橋くんがそう言い出して、内心首を傾げる。

あのときのことって……？

「前に佐倉さんが痴漢に遭ったとき、まっ先に気づいて助けに入ったの、一ノ瀬だったよね」

「……え？」

「それなのにあいつ、自分は見た目が恐いだろうからって、俺が助けたことにさせようとしたんだよね。かっこつけちゃってさ」

実際かっこいいからタチ悪いよな、と笑う高橋くんに、私は笑い返せなかった。

助けてくれたのは高橋くんじゃなかった？

あれは、あのときの男を追い払ってくれたのは、本当は一ノ瀬くんだった――？

「嘘……」

「佐倉さん？　どうしたの？」

今になって知らされた真実が衝撃的すぎて、動けない。

あのときも、助けてくれたのは一ノ瀬くんだったなんて。

「嘘ぉ……」

驚きすぎてか、嬉しくてか、わからないけど泣きそうだった。

一ノ瀬くん。

あなたはどうして、そんなに優しいの。

好きという気持ちが溢れて止まらない。私の中には納まりきらないこの想いをどうしたらいいのか教えてほしい。

突然顔を手で覆ってうつむいてしまった私に、高橋くんが「大丈夫？　保健室行く？」と困ったような、焦ったような声をしばらくかけ続けてくれた。


教室に先に来ていた小鳥とミーナに、ようやく本当のことを話せる日が来た。

ということで、私は早速この一カ月、ふたりに秘密にしていたことをすべて話した。

「嘘でしょアズにゃん⁉　アズにゃんが同級生の男子と同居してたなんて……！」

「しかも、隣のクラスの一ノ瀬くんとだなんて……。世間って狭いんだね」

「それで……その。一ノ瀬くんのことを、好きになっちゃったわけだ？」

真剣な顔をしたふたりに詰め寄られ、私は緊張しながらこくりとうなずいた。

「ごめんね、ふたりとも。今まで黙ってて……」

「それは気にしなくてもいいよ、梓」

「そうだよ！　事情が事情だし、アズにゃんはそういう約束を一ノ瀬くんとしてたわけでしょ？」

「うん。でもふたりに嘘ついてるみたいで、ずっと心苦しかったから」

私がそう言うと、ふたりは感じ入ったような顔をした。

「やっぱり、梓はいい子だね」

「ほんと……。私、今感動してる。うちのアズにゃん、めっちゃいいこ！」

全然そんなんじゃないんだけどなあ。

いい子なのは、こんな私を許してくれるふたりのほうだ。

「でも……そっか。一ノ瀬くんだったんだ。私、梓はてっきり高橋くんが気になってるんだと思ってた」

「私も！　勝手にアズにゃんは高橋くんに惹かれてるって勘違いしてた」

「え？　そ、そうだったんだ？」

「だってアズにゃん、高橋くんはほかの男とは違うっていつも力説してたじゃん？」

「恋をしたから、ほかの男子とは違うって感じてるんじゃないかって思ってたの」

恋をしたから。

恋をしたからほかの男子と違う、と感じるのが普通の感覚なら、たしかにそうだ。

一ノ瀬くんは、ほかの男子と全然違う。高橋くんとだって違う。

考えるだけで胸が苦しくなったり、あったかくなったりするのは、一ノ瀬くんだけだ。

「うん。誰かを好きになるって、こういうことなんだね……」

胸に手を当てて呟く私に、ふたりは顔を見合わせ嬉しそうに笑った。

「梓、一ノ瀬くんと同居して変わったんだね」

「毛嫌いしてる男の子と同居なんて、最初はどうなるかと思ったけど。アズにゃん、同居できてよかったね！」

「私もそう思う。ふたりとも、ずっと私のこと気にかけてくれてありがとね」

「ぜーんぜん！　これで小鳥も安心したんじゃない？」

ミーナに肘(ひじ)で突かれ、小鳥がかすかに頬を赤らめた。

「えっ。い、今……？」

「いま言わないでいつ言うの！」

「う、うん。……あのね、梓。実は私も、梓に言えずにいたことがあるの」

「小鳥が私に？」

なんでも話せる間柄だと思っていたのでちょっとショックだけど、私だって小鳥に同居のことは秘密にしていたんだから、文句を言える立場じゃない。

人にはそれぞれ、その時々で事情というものがあるんだから。

「私も……その。す、好きな人ができて」

「そっか……って、えっ⁉」

「好きっていうか！　き、気になるっていうか……」

もじもじと話す小鳥の可愛さは留まることを知らない。

世界レベルの可愛さにくらくらしながら、なんとか現実を受け止めようとした。

私の大切な小鳥に、す、好きな人が……。

「アズにゃーん。大丈夫？　ショックで倒れたりしないでよ？」

「だ……大丈夫。それで、一体どこの誰が、私の小鳥をたぶらかしたわけ？」

「こらこら。やめなさい。アズにゃんがそうだから、小鳥もなかなか言いだせなかったんだよ？　わかってる？」

ハッとして小鳥を見ると、困った顔で微笑んでいた。

そうか。私がすぐ小鳥に近づく男をボロクソに言って嫌悪するから、小鳥は好きな人ができても私に言いだせなかったんだ。

そりゃあそうだよ、言いにくいよ。

「ごめん、小鳥。私、気を遣わせちゃってたんだね……」

「ううん。梓がずっと私のことを守ってくれていたこと、すごく感謝してる。だから、梓に裏切られたと思われたらどうしようって、考えちゃったの。梓のことは、絶対傷つけたくなかったから」

「小鳥……」

私の親友は見た目だけじゃなく、中身までこんなに可愛い。

こんな可愛い子に好かれる男は、世界一幸せだと思う。

「で？　お相手はどんな人なの？」

「いきなり娘の彼氏を値踏みする母親みたいになってるよ、アズにゃん」

「当たり前じゃん！　邪魔するつもりはないけど、心配はするの！」

小鳥を守り続けてきたナイトとしては、心配せずにはいられないのだ。

聞けば、相手は電車通学からバス通学に変わった小鳥が、そのバスの中で出逢った他校の生徒らしい。

混んでいるバスで、その男子に席を譲ってもらったのがきっかけだったという。

「小鳥にならどんな男だって席を譲るよ」

「言うと思った！　でもね、その人別の日に、お年寄りにも席を譲ってたんだよ！

それで小鳥、好きになっちゃったんだよね？」

「うん……。とても親切で、優しい人だと思う」

ポッとまた顔を赤くする小鳥に動揺してしまう。

完全に恋する乙女の顔だ。こんな小鳥、初めて見た。

「そ、そうなんだ。ふうん、そっか……」

ミーナが言うには、相手は真面目そうな人で、がっしりとした体形で男らしく、坊主頭なのでなにかスポーツをしているかもしれないとのこと。

小鳥目当てで席を譲った感じはなく、ふだんから当たり前のようにそれができる人に見えたと。

誠実そうな、朴訥（ぼくとつ）とした印象の人だそうだ。

「まだ、名前も知らないの……」

恥じらいながらそう言った小鳥のあまりの可愛さに、応援しようと心に決めた。

小鳥が好きになった相手だ。悪い人なわけがない。

小鳥の恋がうまくいくよう、誰より願い、応援しよう。

「その人と、仲良くなれるといいね」

「梓……！　ありがとう！　梓も、一ノ瀬くんとうまくいくといいね」

小鳥とミーナがそうやって応援してくれるから、私の恋がうまくいくことはないんだと、言えなかった。

一ノ瀬くんには森さんという彼女がいる。

私がどれだけ彼を好きになったとしても、その事実は変わらない。

それでも好きという気持ちは、どんどん大きくふくれあがっていく。

好きで。好きで好きで、しょうがない。

知れば知るほど好きになって、離れたってその気持ちはちっとも消えてくれない。

恋というものは、まったく自分じゃコントロールのできない、本当に厄介な現象なのだと思い知らされた。

私の好きな人

昼休みになり、お弁当を持ち、ひとりで教室を出た。

一ノ瀬くんの教室に向かおうとして、その相手が廊下に出てきたので嬉しくなる。

でも彼の後ろには森姉妹がピタリとくっついていた。

「えー。千秋どこ行くの～？」

「おべんと食べないの～？」

「購買行くんだよ」

「なんで～？」

「いつもおべんとじゃ～ん」

「今日は母親が作り忘れたんだ。ついてくんな、鬱陶しい」

遅かったか。

妹のほうが来る前に一ノ瀬くんのところに行こうと思ってたんだけど。

声をかけようか迷っていると、突然「佐倉！」と大声で呼ばれ驚いて振り返る。

同じクラスの山田がそこに立っていた。

「や、山田？　どうしたの」

「いや、体育祭のときのあれ……改めて、言おうと思って」

それって、あの告白みたいなやつを、改めてするってこと？

まさか今、ここで？

慌てて彼に近づく。内緒話するみたいに小声で話さないと。周りに聞かれるのはちょっと恥ずかしい。

「つーわけで……。佐倉さん、好きです。俺と付き合ってください」

ほ、本当に言った！

まさか初めての男子からの告白が、周りにこんなにたくさんの人がいる昼休みの廊下だなんて。

ビックリしたし恥ずかしいけど、嬉しいという気持ちはたしかにある。

今まで小鳥に告白した男たちには、全員敵だという目を向けてしまっていたけど、反省した。

告白って、言うほうも言われるほうも、きっとすごく勇気が必要で、真剣で、周りがどうこう言っていいものじゃないんだなあ。

「山田……ありがとう。山田の気持ち、嬉しかった」

「佐倉」

「でも、ごめんなさい。私、好きな人がいるの」

大切な人なの。

ほかの誰とも違う、特別な人なの。

山田は一瞬傷ついた顔をしたけど、すぐに仕方なさそうに笑った。

「そっか……。まあ、フラれんのは覚悟してたから、大丈夫」

「覚悟してたの？」

「そりゃあな。好かれてる気はしなかったし。でも言えてよかったよ。ありがとう、佐倉」

山田が右手をさしだしてきたので、私もお弁当を抱え直し、手をさしだした。

「こちらこそ、ありが――」

「こんなとこで、公開告白かよ」

山田の手を握ろうとした私の手を、突然引っ張った人がいた。

低い声で割り込んできたのは、さっき森姉妹にくっつかれていた、一ノ瀬くん。

どうして。購買に行ったんじゃなかったの？

「まさか、佐倉が言ってたのって……」

一ノ瀬くんに睨まれた山田が、驚いたように私を見る。

恥ずかしかったけど、黙ってうなずいた。

「そっかぁ。そりゃ勝ち目ねーわ」

そう言って笑うと、山田は軽く肩をすくめて去っていった。

その背中には哀愁が漂っていたけど、かける言葉は見つからなかった。

私は、彼をフったんだ。

人を好きになることを知った今、山田の気持ちを思うと胸が痛い。自分に置き換えてしまって、泣きたくなる。

ちゃんとお礼を言えなかったな。あとで改めて言うのもおかしい気がするし、どうしよう。

「おい。なにやってんだよお前は」

「え？　あ、なに？」

慌てて一ノ瀬くんを見上げると、思い切り不機嫌そうな顔で彼が私を睨んでいた。

「あれほど俺が隙を見せるなと何度も何度も――」

「そうだ！　これ、一ノ瀬くんに！」

説教が始まる予感がしたので、反射的に持っていたお弁当を一ノ瀬くんに押し付けた。

「俺になに……って、弁当？」

「一ノ瀬くんに、作ってきたんだけど……」

「作ったって、佐倉が？　俺に？」

なぜ、という一ノ瀬くんの心の声が聞こえてくる。

顔が熱くて、今にも逃げだしたくなったけど、ぐっと堪えて正面から彼を見つめた。

「今までのお礼っていうか……ごめん！　京子さんがお弁当作り忘れたんじゃなく、私がそうしてくれるように、京子さんにお願いしたの！」

「なんでわざわざそんなこと……」

「私がそうしたくて。一ノ瀬くんに、お弁当を作りたかった。それだけなの」

「お礼って言ってたけど、俺はたいしたことできなかっただろ。結局お前を危ない目に遭わせたし……」

「でも、守ってくれた！」

そこはちゃんと主張しておかないといけないと思って、大きな声が出た。

森姉妹がすぐ後ろにいるのが見えてギョッとする。

ふたりに、とくにお姉さんのほうに睨まれたけど、ここまで来たら止められない。

「一ノ瀬くんは、ちゃんと私のこと守ってくれたよ！　それに、あの夜だけじゃなくて、この一カ月ずっと私に優しくしてくれたでしょ」

「それは、俺がお前のこと……」

「わかってる！　一ノ瀬くんが私のこと鬱陶しく思ってるのは、わかってるよ。大丈夫」

「はあ？　おい、ちょっと待て。俺の話を聞け」

「でもね！　わかってるけど……わかってても、ダメだった」

自然と視線が下がり、唇を噛む。

「あんなに優しくしてもらって、助けてもらって、守ってもらって。図々しいけど、なんか特別になれたような気になっちゃって……」

一ノ瀬くんにはもらってばかりで、私全然返せていないけど。なんにも返せていないけど。

大きく息を吸い込んだ。

よし、行け、私。覚悟を決めろ。

「一ノ瀬くん、たくさんありがとう。私、一ノ瀬くんのこと、す――」

「ストップ！」

私の一世一代の告白は、今まさに好きと言おうとしていた相手に遮られてしまった。

大きな手が私の口をふさいでいる。

なんで止めるの！　そんなに私のことが嫌いですか！

そう言おうと一ノ瀬くんを見て、驚いた。

彼のいつも澄ましたような顔が、真っ赤に染まっていたから。

「ったく、いきなりすぎなんだよお前は。助走もなしでジャンプすんなよ。ビックリするだろうが」

「だ、だって。こういうのは勢いが大事って思って」

「わかった。わかったからちょっと待て。続きは俺に言わせてくれ、頼むから」

どうどうと馬にするみたいに言われムッとしながら口を閉じる。

ずっと一ノ瀬くんのこういうものの言い方を感じ悪いと思っていたけど、今は少し違う。嫌いじゃない。憎めない。

彼がとても優しい人だってことを知っているから。彼のことが好きだから。

頬が熱くなるのを感じていると、突然一ノ瀬くんが真面目な顔になって、一歩距離を詰めてきたから驚いた。

ち、近い。近い近い。

なに？　なんなの⁉

慌てて一歩下がろうとしたのに、その前に伸びてきた長い指があごに添えられ、上を向かされた。

その次の瞬間には、整った一ノ瀬くんの顔が、まつ毛がぶつかりそうなほどすぐそばにあった。

唇に訪れた柔らかな感触に、頭が真っ白になる。

目をつぶることさえできない私を、一ノ瀬くんが笑った気がした。

「……好きだ、佐倉。俺の彼女になって」

なに、この幸せな夢は。

こんなの幸せすぎて、覚めたら悲しすぎて泣いてしまうやつじゃないか。

ひどい。でも嬉しい。

「佐倉。返事は」

優しい声でうながされ、涙がこみあげて来る。

夢でもいいや。

そう思ったとき、一ノ瀬くんの背後で「五鈴！」と叫ぶ声が聞こえた。

ハッとしてそちらを見ると、森姉妹の片割れが、逃げるように廊下を走っていく後ろ姿が。

「千秋、なんで⁉　ひどい！」

残ったお姉さんが、一ノ瀬くんに掴みかかる勢いで叫んだ。

「ひどいって、なにがだよ。好きな奴に好きだって言って、なにが悪いんだ」

「どうしてその女なわけ⁉　うちらのほうが千秋のことよく知ってるし、うちらのほうがずっと可愛いじゃん！　千秋と釣りあわない！」

わあ、ストレートに悪口を言われた。

でもそのとおりだ。

たしかに森姉妹はふたりとも可愛い。メイクは濃いけど、元々整っているのは私にもわかる。

ふたりと付き合っていた一ノ瀬くんが、まるでタイプが違う私を好きになる要素なんて、とても思いつかない。

落ち込みそうになったけど、そんな私の肩を守るように抱き寄せてくれる腕があった。

「よく見ろよ。佐倉は可愛いだろうが」

「い、一ノ瀬くん……」

「言っとくけどな、こいつは寝顔も可愛いんだぞ。赤ちゃんみたいな無防備な顔して寝るんだからな」

「一ノ瀬くん⁉　いつの間に私の寝顔なんて見たの⁉」

「あ。しまった」

「しまったじゃないよ！　いつ！　いつ見たの⁉」

「熱出して寝こんだとき、あとは夜中にこっそり……」

嘘でしょ？　部屋にこっそり来て、私の寝顔を見てたってこと？

「なんでそんなことするわけ！　絶対私、変な顔してた！」

「してねぇって。可愛い寝顔っつっただろ。つーかお前だって毎朝俺の寝顔見にきてただろうが」

「私は見に行ってたんじゃなくて、起こしにいってたんですぅ！」

「嘘つけ。俺は自分で起きれるっつったのに、俺の寝顔が見たくて起こしにきてたくせに」

痛いところを突かれ、言葉に詰まる。

「う……っ。だ、だって、しょうがないじゃん。一ノ瀬くんの寝顔が可愛いのが悪いの！」

「だから寝顔はお前のほうが――」

私たちの言い合いがヒートアップしかけた時、存在を忘れかけていた森美鈴さんが「信じらんない！　サイテー！」と叫んだ。

顔を真っ赤にして震える彼女を見て、ふと疑問に思った。

彼女は、誰のために怒っているんだろう。妹のためか、自分のためなのか。

妹と自分は同じだと言った彼女の気持ちが、私にはわからない。

「前から言おうと思ってたんだけど……」

一ノ瀬くんはひとつため息をつくと、正面から彼女と向きあった。

「お前って、ほんとに俺のこと好きなの？」

「ひどい……。私たちがどれだけ千秋が好きか、全然伝わってないんだ」

「それだよ。私たち、っての。中学でお前が告白してきたとき、妹の方が譲ってて、今度はお前が譲って。好きな奴を姉妹で譲りあうって、おかしいだろ。俺はお前らのおもちゃじゃない」

森さんは傷ついた顔を隠しもせず、目に涙を浮かべる。

「千秋のことをそんなふうに思ったことなんて、一度もないよ！」

「無意識なんだろ。お前らは俺っていうお気に入りのおもちゃを、他人にとられないように姉妹で独占したいだけなんだよ」

「違う！　そんなんじゃ」

「それは俺が好きなんじゃなく、ただの執着だ」

ばっさりと切り捨てるように言った一ノ瀬くん。

でもその声は冷たいわけでもなく、怒っているようにも聞こえず、どこか森さんに言い聞かせているようだった。

森さんの両目からぼろぼろと涙がこぼれだした。

「千秋のバカ！　クズ！　鬼畜！　大っ嫌い！」

それ以外にもたくさんの暴言を一ノ瀬くんに吐きながら、森さんは妹が走り去ったのと同じ方向へ駆けていった。

また一ノ瀬くんのため息が聞こえ、私は恐る恐る彼を見上げる。

「あの……いいの？　追いかけなくて」

「はあ？　なんで俺が追いかけなくちゃいけないんだよ」

「だって、彼女なんだよね？　妹さんのほう」

そうだ。彼女がいるくせに、私にまで彼女になってと言うなんてたしかにサイテーだ。

どうするんだ、と腕を組み頬をふくらませたけど、一ノ瀬くんは意味がわからないと言いたげな顔をする。

「おい。誰が誰の彼女だって？」

「え？　……一ノ瀬くんと、森五鈴さん。付き合ってるんでしょ？」

「付き合ってねーよ！　俺今、お前に告白したの聞いてなかったのか⁉」

「き、聞いてたけど。夢かと思って」

「なんだよそれ。前にも言っただろ。あいつは同じ中学だっただけ。それ以上でも以下でもない。なんでそんな勘違いしたんだよ」

勘違い？　本当に？

じゃあ、一ノ瀬くんが私に嘘をついていたわけじゃない……？

「森さんのお姉さんが、一ノ瀬くんと妹さんが付き合ってるって。あと、中学の時にはお姉さんと付き合ってたって」

「あいつ、そんな嘘ついたのかよ！　ったく、どうしようもねぇな」

「でも！　私も前に、一ノ瀬くんと森さんがキスしてるところ、見たし」

「ちょっと待て。俺と森が？　そんなの一度もした覚えはねぇよ」

「本当に見たの！　一階の、階段下でふたりの顔が重なってて……」

思い出すと、胸が潰れそうなくらい苦しくなる。

これが嫉妬なんだ。私はずっと、あのときから嫉妬していた。

ひとりよがりな私の恋は、嫉妬ばかりでとても醜い。

「階段下……？　あ。あの時のか。いきなりあいつに階段下に引っ張っていかれて、頭にゴミがついてるからかがめって言われたんだよ」

それでかがもうとしたとたんキスされそうになり、咄嗟に手で防いだんだと、一ノ瀬くんはうんざりした様子で話してくれた。

「ほんと？　ほんとにキスしてない？」

「してねーよ。絶対ない」

ほっとして、膝から崩れそうになった。

そうか、じゃあ、私の勘違いだったんだ。

森さんの嘘をうのみにして、一ノ瀬くんを疑って、ひとりで勝手に傷ついて。バカなことしたなあ。

「つーか、お前こそさっきのなんなんだよ。体育祭のとき、借り物でお前連れてった奴だろ、あいつ」

「ああ、山田のこと？」

「あの借り物、俺がお前を連れていく予定だったのに……」

「え？　なにか言った？」

「言ってねぇよ！　で、やっぱさっきの告白だったわけ？　なんて返事したんだよ。俺の告白の返事だって聞いてねぇし」

ブツブツと不機嫌そうに言っている一ノ瀬くんに、もしかして嫉妬してくれているのかなと思った。

私がしたように、一ノ瀬くんも嫉妬してくれるんだ。

私ばかりが好きなんだと思ってた。この恋は一方通行で、彼と交わることなく終わるんだと。

でも、そうじゃなかったんだ。

「一ノ瀬くん」

「……なんだよ」

「私、初めて男の人を好きになったの。全然知らなかったけど、私けっこう嫉妬ぶかいみたいで、一ノ瀬くんにとって重いかもしれない」

「んなわけねぇだろ。言っとくけど、俺のほうが嫉妬ぶかいからな」

張りあうように言うので、つい笑ってしまった。

「ほかの女の子と一ノ瀬くんが仲良くしてたら、私きっと不機嫌になるよ。一ノ瀬くんがほかの誰かを好きになっても、絶対祝福なんてできないよ。それでもいいの？」

「祝福されても困る。俺はお前がほかの奴を好きになったって言っても、手放してやらないからな」

いいんだ、それで。好きなら好き。それでいいんだ。

やっと自分の〝好き〟という気持ちに、自信がもてた気がした。

「好きです。私の、彼氏になってください」

一ノ瀬くんの切れ長の目が見開かれる。

彼がなにか言おうとしたけど、それよりも前に、周囲から歓声と拍手がわき起こったので驚いた。

そうだ。ここは教室前の廊下で、昼休みで、人がいっぱいいたんだった。

いろいろありすぎて、完全にそのことを忘れていた。

こんな公衆の面前で告白するなんて、どうかしてる！

「もう！　一ノ瀬くんのバカ！」

「はあ？　なんでそうなるんだよ！」

怒りながら笑う。

一ノ瀬くんも笑っていた。

飾らずに言いあえて、笑いあえる。そういう一ノ瀬くんだから、好きになれた。

周囲の生徒におめでとうと祝福されながら、私たちはそっと手を握った。


「佐倉ー。このノート配っとけって、野木センが言ってたぞ」

そう言ってノートの束を持ち、ふたりの男子生徒が教室に入ってくる。

呼ばれた私はハッと立ち上がった。

「そうだった！　先生に呼ばれてたの忘れてた！」

慌ててふたりに駆け寄る。

持とうとしたけど、ふたりは首を振ってそのまま教壇にノートを置いてくれた。

「ごめんね、ふたりとも。重かったでしょ」

私の代わりにノートを運んでくれたのは、山田と、彼と仲がいい中川くん。

ふたりはたいしたことじゃない、と肩をすくめた。

「俺らも一応男だし」

「これくらい、全然」

「ふふ。助かったよ。ありがとう」

笑ってそう言えば、ふたりはなぜかさっと顔を赤らめ「あとはよろしく」とそそくさといなくなってしまった。

やっぱり面倒を押しつけやがってって、怒ったかな？

あとでもう一度お礼を言おうと思っていると、手伝うよと小鳥とミーナが寄ってきた。

「いやあ。アズにゃんてば罪な女だねぇ」

「ミーナってば、なに言ってんの？」

「ちょっと、小鳥までなにわけのわからないことを……」

「ミーナ。梓は自分の魅力をわかってないだけだよ」

なんだかふたりは最近、こうやって息が合った調子で私をからかってくる。

行き帰りが一緒だからかな。私だけ仲間外れみたいで、ちょっぴり寂しい。

「でも梓。本当に変わったね」

「そう？」

「そうそう。あれだけ毛嫌いしてた男子とも、自然に話せるようになってさあ」

彼氏の存在は偉大だね。

そんなことを言われ、顔が熱くなる。

たしかに一ノ瀬くんと付き合うようになって、男子への耐性ができたというか、前ほど嫌悪感を抱くことはなくなった。

男子からもよく話しかけられるようになったし、小鳥たちに心配されることもなくなって、日々平和だ。

一ノ瀬くんのほうも、森姉妹にまとわりつかれることもなくなって、落ちついて生活できるようになったと言っていた。

あの告白のあと、改めてふたりに私と付き合うことになったと伝えて、もうべたべたするなとはっきり言ったらしい。

それを聞いて嬉しかった。

森さんの気持ちを考えると喜べなくなるから、彼女たちのことは考えないようにした。

私が考えるべきなのは、一ノ瀬くんと私のことだから。

一ノ瀬くんが私のことを、気持ちの面でも大切にしてくれるのが、本当に嬉しい。

「小鳥のほうは？　彼の名前、聞くのは成功したんだよね。そのあとはどうなったの？」

「それがさ、聞いてよアズにゃん！　小鳥ったらねぇ」

「ちょ、ちょっと待ってよミーナ。自分で話すってば」

「その反応は、なんか進展あったわけだ？　ほらほら、早く話してよ！」

小鳥が私にとって大切な幼なじみで親友であることは変わらない。

でももう、私が小鳥のナイトである必要はないみたいだ。

そのことは寂しくない。距離ができるわけじゃなくて、ただ、別の人にバトンタッチするだけだ。

これからも友だちとして、小鳥の幸せを見守っていきたい。

私にも、私を心配して守ってくれる、ナイトがいる。だから私もこれからは、自分の身を大切にするんだ。

以前一ノ瀬くんと高橋くんと三人で一緒に過ごした外のベンチに、今は小鳥と梓もくわわって、五人で昼食を取っている。

たまにこうして集まって食べるようになって、高橋くんにも三年生の彼女を誘ってみればと言ったんだけど、彼女のほうが遠慮しているらしい。

奥ゆかしいんだ、とでれでれした顔で言った高橋くんを、一ノ瀬くんが蹴り飛ばしていた。

どうやら一ノ瀬くんは、私がずっと高橋くんのことを好きだと勘違いしていたらしい。

それで高橋くんに彼女ができて、ふたりきりでいるところを私に見せないように、気を遣っていたと話してくれた。

お互いに勘違いしていたなんて、私たちって似た者同士なんだなと笑った一件だ。

「次のテスト、範囲やばくない？」

「えっ。そっちのクラス、もう発表になったの？　なんの教科？」

「英語と数学、今日言われたけどマジヤバい」

「高橋くん、部活もあるから大変だよね」

そんな何気ない会話をしていると、一ノ瀬くんに指でちょいちょいと呼ばれた。

なんだろう、と近寄ると、スマホの画面を見せられる。

そこには京子さんからのメッセージが表示されていた。

【春香(はるか)ちゃんから連絡があって、また梓ちゃんを預かることになりました！　部屋、念入りに掃除しときなさいよ！】

って、ええ⁉

私、なんにも聞いてないけどお母さん！

娘の私に話す前に京子さんにお願いするって、どういうこと？

開いた口がふさがらない。

そのまま一ノ瀬くんの顔を見ると、彼はいたずらっぽい笑みを浮かべ、そっと私に耳打ちした。

「また秘密の同居、する？」

妙に甘くてぞくっとするような声に、頬が熱くなる。

また、一ノ瀬くんの家で同居生活。

天使な春陽くんとマロとたわむれることができて、京子さんの美味しいご飯も食べられて、それから――。

一ノ瀬くんの、可愛すぎる寝顔を拝むことができる。

「よろしくね、一ノ瀬くん！」

今度の同居は、もっと楽しく、もっと甘く、危険なものになりそうです。

特別書き下ろし
番外編

右のふとももには白いポメラニアン。

左のふとももには男子小学生。

それぞれの小さな頭をゆっくりと撫でる佐倉は、至福の表情を浮かべている。

「梓おねえちゃんの膝枕、気持ちいいなあ」

「ふふ。私も、春陽くんの柔らかい髪を撫でるの、とっても気持ちいいよ」

春陽はうっとりと目を細めているし、マロなんかあまりの心地よさにかすっかり熟睡していた。

リビングのソファーで交わされるやりとりを、俺は別のソファーから黙って眺めている。

もちろん内心は不満たらたらで、いますぐ佐倉の膝から春陽とマロを引きはがして、自分が代わりに膝枕をしてほしいと思っている。

思ってはいるが、口にはできない。それはあまりにかっこ悪い。

好きな相手の前では、できるだけかっこつけていたい。たとえ猫っかぶりの弟を呪いたくなるほど、腹が立っていたとしても。

「一ノ瀬くん」

ふと、春陽たちを撫でる手を止め、佐倉がこちらを見た。

それに春陽がムッとしたので、俺はつい勝ち誇った顔になってしまう。

「どうした？」

「明日私、日直で少し早く登校しなくちゃいけないから、先に行くね」

「一緒に行く」

「ええ？　でも」

「ひとりで電車に乗せたくない」

佐倉はくすぐったげに「大丈夫だよ」と笑う。

「ストーカーは一ノ瀬くんがやっつけてくれたでしょ」

「そうだけど、そういう問題じゃねえんだよ」

「でも、あれから電車で痴漢に遭うこともなくなったよ？」

「だとしても、心配なんだよ。それくらいわかれ」

佐倉は少し顔を赤くして、ぼそぼそと「ありがとう」と言った。

相変わらずの佐倉に不安が増す。

どうにもこいつは自分のことをまるでわかっていない。いや、わかろうとしていないのか。

俺がどれだけ佐倉が可愛いか、他の男が佐倉をどういう目で見ているか説いても「まさか」と笑って受け流される。

なんでこんなにも佐倉は自分の魅力に無自覚なのか。

でもまあ、一緒に行くのをかたくなに拒否しないだけ、ましになったと言うべきか。

夏休み前に佐倉との関係が、元同居人から恋人というものに変わり、二カ月が経った。

佐倉の両親がふたたび海外赴任で家を空ける間、また佐倉を家で預かることになったのが先週。

すっかり家になじみ、家族の一員のようになっている佐倉だが、俺との関係はいまいち進んでいないというか、深いものになれていない。

どうも佐倉は、俺もその他大勢の男と同じように、自分をそういう対象として見ていないだろうと思っているふしがある。

もちろんそんなはずがない。俺は隙あらば佐倉にキスをしたいし、隙がなくても常に抱きしめたいと思うし、もちろんそれ以上のことだってしたい。

でも自分がそういう対象になるとはまるで思っていない佐倉に、自分の欲望のままぐいぐいいっても、彼女を怯えさせるだけだろう。

怖がらせたいわけじゃない。

ただ、佐倉にもできれば俺をそういう対象として見てほしい。

手をつないで、抱きしめ合って、キスをして、それ以上のことも、俺としたいと思ってほしい。

ほしいのだが、この調子だとそこに至るまで何年かかるやら。

それまで俺の理性が持つか心配だ。

理性の糸が焼き切れる前に、なんとか佐倉に俺を意識してほしい。

「さく……」

「梓おねえちゃーん。僕ね、宿題でわからない問題があったんだ。教えてくれる？」

俺の言葉をさえぎって、春陽がむくりと起き上がり、甘えるように佐倉にすり寄る。

「もちろんだよ。なんの問題？」

「えっとね、理科の問題なんだけどぉ」

ちらりと春陽が俺を見て、にやりと笑った。

この……！　憎たらしい弟め！

家はダメだ。ことあるごとに春陽が邪魔をしてくる。

猫の皮をかぶった小さな狼は、俺と佐倉が付き合ったと聞いても、まったく引くことなく佐倉にアプローチを続けている。

本気だ。こいつは本気で佐倉を狙っている。

佐倉は相変わらず春陽を天使だと言ってデレデレしていて、ガードがゆるい。

俺より春陽を優先することもたびたびで、俺の嫉妬とフラストレーションはたまりにたまっていた。

「ねえ梓おねえちゃん。僕の部屋行こう？　そのまま一緒に寝ようよ！」

「うん、いい……」

「ダメに決まってんだろ！　春陽、てめえ自重しろ！　佐倉は春陽に甘すぎる！」

不満そうにブーブー文句を言うふたりに、盛大にため息をつく。

家がダメなら外だ。

明日は外で、佐倉とふたりきりの時間を作る。絶対に。

俺はひとりそう決意しながら、また佐倉の膝に甘えようとする春陽に、鉄拳を落としたのだった。


「え？　今日？　今日は小鳥とミーナと、買い物に行く約束してるよ？」

箸を持ちながら、言ってなかったっけ？と首を傾げる佐倉。

そういえば数日前にそんな話をしていたことを、ようやく思い出した。

「あー、そっか。悪い、忘れてた」

「なにかあった？」

「いや、なんでもない。気にすんな」

出鼻をくじかれた気分だが、顔には出ないよう気をつける。

ここのところなにかと春陽にふたりの時間を邪魔されていたので、今日こそはゆっくりふたりきりで過ごすと意気込んでいたわけだが、先約があるなら仕方ない。
佐倉が友だちを大事にしていることは、よく知っている。特に松井小鳥に対しての
佐倉の愛情は少し……いや、かなり大きい。
春陽に対して天使だとでれでれするのと似ている。
ちなみに松井は妖精らしい。
勝気な雰囲気の佐倉だが、頭の中はわりとメルヘンチックだ。
その松井をのぞいて、昼休みにこうしてふたりきりの時間をとってくれるのだから、
俺は愛されている。と、思いたい。
いつもはここに松井と　と、高橋がいて、五人で昼食をとることが多い。
佐倉と俺が付き合うようになって、そういう昼休みの過ごし方に自然となった。
それでもたまには、と俺が言う前に、佐倉の方から「今日はふたりで食べる？」と
聞いてくれる。
愛されているだろう、これは。
だから今日デートできなくても、文句を言うのはちがう。
「……買い物は別の日にもできるから、小鳥とミーナに言ってみる」
「えっ。いや、いいって。約束してたんだろ？」
「うん。でも久しぶりに買い物でもしよっかーっていう感じで、みんな目当てのもの

があるとかじゃないの。小鳥とミーナも許してくれると思う」

「俺だって、絶対今日がいいってわけじゃないぞ」

「けど、最近一ノ瀬くん、ちょっと元気ないなって思ってたから。小鳥たちにもそれは言ってたし、ふたりなら行っておいでって言ってくれるから、大丈夫」

「佐倉……」

完全に愛されてるだろ、俺。

佐倉の気持ちを再確認し、嬉しくなった俺は、つい佐倉の頭を引き寄せキスをしてしまった。

おかげで、ひと気のない中庭だからといっても、学校内でこういうことをするのに抵抗のあるらしい佐倉に、思い切り突き飛ばされたが。

佐倉の言っていたとおり、松井たちはこころよく佐倉を送り出してくれたらしい。

買い物はまた別の日になった、と佐倉が少し誇らしげに言った。

友人たちの心の広さを自慢したいらしい。

俺は「友だちが好きな佐倉、可愛いな」と思うだけなのだが。

「どこ行く？」

「佐倉の行きたいとこ」

「えー？　どうしようかなあ」

「映画、観たいのあるって言ってなかったか？」

確か漫画が原作の実写映画が新しく公開されて、その主演女優が可愛いと佐倉が騒いでいたはずだ。

相変わらず可愛いものが好きらしい。

主演俳優がかっこいい、と言われるよりずっと俺の心は穏やかだ。

可愛いものを可愛いと言う佐倉が可愛い。なんだか俺の中で可愛い、がゲシュタルト崩壊を起こしそうになる。

「んー……観たいけど」

「どうした。金なら俺が出すけど」

「ありがと。でもそうじゃなくて……」

なぜかもじもじしながら顔を赤らめる佐倉。

なに？　とその顔を覗き込むと、恥ずかしげに目をそらされた。

「せっかくのふたりの時間なのに、黙って映画を観てるのは、ちょっともったいないなあって……」

あまりの可愛さにめまいがした。

そんなことを言われて喜ばない男がいるだろうか。

これで自分は可愛くないとか言うんだから、無自覚というのは恐ろしい。

佐倉は前からじゅうぶん可愛かったが、最近特に魅力が増していると思う。

証拠に、佐倉の周りの男子が、佐倉にしょっちゅう話しかけていると松井たちがよく報告してくれる。

前に体育祭で佐倉に公開告白した、山田とかいう男子もあきらめていないのか、佐倉が日直の時はさりげなく手伝ったり、佐倉の好きな菓子を買ってきて一緒に食べるかと誘ったりしているらしい。

くそ……。思い出すと腹が立ってくる。

どうして俺は佐倉と同じクラスじゃないんだ。

「一ノ瀬くん？」

「え？　ああ、ごめん。じゃあ、CDショップ行かね？　買いたいアルバムあるんだ」

「あ、わかった。昨日言ってたバンドのでしょ？　ちょっと聞いてみたかった」

「気に入ってるアーティストのは、ダウンロードじゃなくて、どうしても現物でほしくなるんだよなあ」

「そうそう。私も推しのいるグループのは、絶対ジャケット生で見たいもん」

「……お前はほんと、徹底してるな」

「うん？　なにが？」

「なんでもない。俺買うから、佐倉にデータでやるよ」

「ほんと？　やった」

「とりあえず今日は、俺の部屋で一緒に聞こうな」

下心丸出しで俺が言うと、佐倉は頬を赤くしながら肘鉄を入れてきた。


目当てのアルバムを見つけたあと、佐倉はアイドル系列の棚を見にいくというのでいったん別行動になった。

視聴コーナーで気になっていたアーティストの曲をチェックしていると、誰かが横に立ったので、佐倉かと思って顔を向ける。

「え……」

だが、そこにいたのは森だった。

もう双子のうちのどちらだ、と髪の結びを確認する必要はない。

目の前にいるのは、姉でクラスメイトの森美鈴だ。

俺と佐倉が付き合ったあと、森は巻いて右でまとめていた長い髪をばっさり切ったのだ。

肩より短くなった髪に周囲は驚いていたけれど、一番驚いていたのは双子の妹、森五鈴だったと思う。

五鈴のほうは髪の長さはそのままだ。

姉の短くなった髪を、時折もの言いたげに見つめている姿を見かける。

「千秋の好きなアーティストのアルバムあったよ」

「ああ……。さっき買った」

「私、あのアーティスト嫌い。歌詞が傲慢で」

「そうですか……」

わざわざ人の好みにケチつけに来たのかよ、とうんざりしながら辺りを軽く見回す。

「お前ひとり？　妹はどうした」

森はムッとした顔で短くなった髪をかきあげる。

その耳には、以前はなかったピアスが飾られていた。

「私たち、別にいつも一緒に行動してるわけじゃないの」

「嘘つけ。いつも一緒だっただろうが」

「うるさいな。いまは違うの。私、彼氏できたし」

ちらりとうかがうように見てくる森に、俺は素直に驚いた顔を見せた。

俺に執着していたのは、妹より目の前の姉のほうだったと思う。

それがさっぱり近づいてこなくなったと思ったら、夏休みの間に次の相手を見つけていたわけか。

「そうか。よかったな」

「……やっぱ、千秋に言われるとなんかムカつく」

「おい、なんでだよ。祝ってやってるんだろうが」

「そういうとこ！　……あのさ、今までいろいろ、しつこくしてごめん」

突然しおらしく頭を下げてきた森に、ギョッとする。

肩を掴んで頭を上げさせようとしたが、森はかたくなに首を横に振った。

「千秋のこと、好きだった。でも中学でフラれてから、それだけじゃなくなったんだと思う。プライドとか、妹と付き合ったらっていう不安とか、姉としてって気持ちとか、いろいろ混ざって汚れちゃったみたい」

「……ああ。いいよ、もう」

終わったことだ、と俺が言うと、森かようやく顔を上げて、少し寂し気に笑った。

「ありがと。あのね、五鈴はまだ気持ちを切り替えれないみたいだから、千秋になにかしてくるかもしれない。もしそういうことがあったら、私に言って。私にも責任あるし、妹のことは、姉の私がなんとかするから」

「わかった。……ほんと、よかったな」

前とは全然ちがう、さっぱりした森の表情に、俺も嬉しくなった。

クラスメイトとして、中学からの友人として、森の変化を心から祝福する。

お互い笑顔を交わした時、ドンと後ろから衝撃があってギョッとする。

よく見れば、腹に細い腕がギュッとしがみつくように回されていた。

「佐倉？」

顔だけなんとか後ろを見ると、俺の背中に顔を押し付ける佐倉がいた。

どうしたんだよ、と聞いても答えない。

「ふーん。仲いいんだ」

「え？」

「末永くお幸せに。じゃあね、千秋」

森は軽い調子で言うと、短くなった髪を揺らして去っていった。

本当に変わったな、とその背を見送っていると、抱きしめてくる腕の力が強くなる。

「おい、佐倉。ほんとどうしたんだよ」

腹に回った佐倉の手を、ぽんぽんと叩く。

佐倉は子どもがイヤイヤとだだをこねるように、俺の背中にしがみついたまま首を振った。

「森さんと、なに話してたの？」

「え？　ああ、なんだっけ。俺の好きなアーティストのアルバムが出てたとか」

「……とか？」

「あと、森に彼氏ができたらしいから、良かったなって」

「……彼氏？」

驚いたように、佐倉が勢いよく顔を上げる。

不安そうな目がそこにあって、俺はあることに思いいたった。

「もしかして、やきもち？」

「だって……一ノ瀬くん、森さんのこと抱きしめてたから」

「はあ？　抱きしめてねーよ！　頭下げてくるから、顔上げろって肩つかんでただけ！」

「でも、なんか仲良さそうに笑ってた」

「あー、もう」

たまらなくなって、俺は佐倉の腕をはがし、正面から抱きしめた。

他の客の目を気にして慌てる佐倉を、逃がさないようにがっちりホールドする。

佐倉が可愛すぎるのが悪い。

「心配すんな。俺、お前しか見えてないから」

「……私も」

人前だというのに珍しく抱きしめ返してきた佐倉。

ここはキスするところだろうと顔を近づけたが、あとちょっとという所で顎を押し返された。

俺の彼女は恥ずかしがり屋で困る。そこも可愛いけど。


家に帰ると案の定、待ちかまえた春陽に食ってかかられた。

「兄ちゃんずるい！　梓おねえちゃんを独り占めして！」

「てめーこそ、家でいつも佐倉を独り占めしようとすんだろ。言っとくけどな、佐倉は俺の彼女なんだよ。お前のじゃなくて、俺のなの」

「わーわーわ！　聞きたくなーい！」

春陽は喚きながら佐倉に抱き着き、ぶりっこ全開で甘え始める。

「おねえちゃーん。兄ちゃんに変なことされなかった？　大丈夫？」

「春陽くんたら、なに言ってるの~。一ノ瀬くんが変なことなんてするわけないよ」

「梓おねえちゃんこそなに言ってるの！　兄ちゃんはむっつりなんだから、もっと気をつけてよお！」

春陽の訴えを笑って流す佐倉。

これは信用されていると喜ぶべきか、男として意識されていないんじゃないかと不安になるべきか。

このままだと、手を繋いだりキスをする関係からステップアップできるのは、いったいいつになることやら。

俺はわりと、いつそのときが来てもいいように準備万端なんだが。

春陽と足元に寄ってきたマロの頭を撫でながら、楽しそうに笑う佐倉の横顔を見てため息をつく。

痴漢やらストーカーやら、いままで色々嫌な思いをしてきている佐倉を、恐がらせることだけはしたくなかった。

夕食のあと、宿題をしているうちに眠くなった春陽が自分の部屋に消えたあと、佐倉は俺の部屋に遊びにきていた。

今日買ったアルバムを聴きながら彼女が開いたのは、アルバイト情報誌だ。

「バイトしようかなと思ってて」

「バイトって、なんの？」

「まだ決めてないんだけど、接客業かなあ。受験生になったらきっとバイトなんてしてる余裕ないだろうし、いまのうちに経験しておきたいなって」

佐倉はバイト未経験だったのか。

俺も興味がないわけじゃなかったが、そう金を使うほうでもないし、人間関係が面倒そうだなと思いやってこなかった。

「いいけど、あんまり遅くなるようなのはやめとけよ」

「そうは言っても、学生バイトならだいたい夜十時くらいまでがほとんどだよ」

「危ないだろ。それなら俺が帰り家まで送る」

そんな遅い時間に佐倉をひとりで歩かせるなんて、心配すぎておかしくなる。

過保護すぎるか、と一瞬考えたが、彼氏なんだから心配すんのは当たり前だと思い直す。

「ええ？　いいよ、そんな。さすがにそれは悪いよ」

「悪いとかじゃなく、俺が心配なの。じゃあ俺んちの近くのバイトにすれば？　駅前だったらどっかバイト募集あるだろ。そんでバイトのあとは俺んち泊まればいいよ」

「それは京子さんにも迷惑じゃゃ」

「ないない。逆に喜ぶね。賭けてもいい。母さん、佐倉との同居が終わったあと、すげー心配してたから。また危ない目に遭ったりしてないかって。今回の同居が終わったあとも、定期的に佐倉が泊まりにくるってなったら嬉しいと思う。ついでに、くそ生意気な弟も」

春陽の奴は確実に飛び上がって喜ぶだろう。

佐倉は情報誌をテーブルに置き、苦笑した。

「またそんなこと言って。でもそういうの言い合えるほど仲が良い兄弟ってことだよね」

「それはちがう。絶対ちがうぞ佐倉」

「ふふ。じゃあ、バイトのこと京子さんに相談してみようかな」

「そうしろ。それか、いっそ俺も佐倉と同じとこでバイトするか」

佐倉の隣りに座り、情報誌をのぞきこむ。

時給が躍り、頭の中で一カ月の給与がパッと浮かんだ。

今後佐倉の誕生日やクリスマスにプレゼントを贈るためにも、バイトはありだ。

「一ノ瀬くんも一緒に？　いいね、それ！　楽しそう！」

「それならバイト仲間とか客とかが、佐倉に変な気起こさないよう目ぇ光らせておけるしな」

その言葉に、佐倉はハッとしたように俺を見た。

「それを言うなら、一ノ瀬くんの方が危ないよ。絶対一ノ瀬くんに惚れちゃう人出てくるもん。やっぱり一ノ瀬くんはバイトだめ」

「なんでだよ。むしろ俺はいいけど、お前がだめだろ」

「私は一ノ瀬くんが思うほどモテないから大丈夫！」

「お前……まだそんなこと言ってんのか」

「もう、一ノ瀬くんは自分の魅力を全然わかってない！」

「それこそ佐倉だろ！」

せっかくデートもしたし、お互い気分よく過ごしていたのに、なぜこんな言い合いが始まってしまうのか。

まあ、俺たちらしいと言えばらしいのか。

付き合う前、出逢った時から俺と佐倉はこんな感じだった気がする。

さてどうするか、と考えていると、スマホが短く鳴り、ポップアップを表示した。

高橋がメッセージを送ってきたらしい。

夜に珍しいなと内容を確認する。

『先輩のこと、はじめて下の名前で呼んじゃった！　名前で呼ぶって恋人っぽくない？』

どこの乙女だ。

高橋のやろう……どうでもいいメッセージ送ってきやがって。

既読無視でスマホをテーブルに戻す。

明日もきっと、学校でデレデレしながら報告してくるんだろう。

でも、下の名前か。確かにお互いが下の名前で呼び合うというのは、彼氏彼女らしいというか、親密度がアップした感じがする。

「もういい。部屋に戻る」

ムスッとした顔の佐倉が、情報誌を手に立ち上がる。

本当にそのまま行ってしまいそうだったので、慌てて腕を掴み引っ張った。

「わ……！」

勢いで、ふたり一緒に後ろのベッドに倒れこんだ。

「ちょ、ちょっと！　一ノ瀬くんっ」

焦ったように起き上がろうとする佐倉を、逃がさないと背中から抱きしめる。

風呂上りのシャンプーの香りが鼻をくすぐる。

佐倉から、俺と同じ匂いがした。

同じシャンプーや石鹸を使っているんだから当然だが、なぜか興奮する。

「い、一ノ瀬くん？」

柔らかい髪からのぞく小さな耳に、そっと唇を寄せた。

「梓」

大切に、たしかめるように名前を呼んだ。

暴れていた佐倉がぴたりと動きを止める。

「……って、呼んでもいい？　つーか、呼びたい」

俺がそう言うと、佐倉はほんの少し身じろぎしたあとうなずいた。

「い、いい、よ」

固く、緊張しているような声だった。

顔が見えない。いまどんな表情をしているんだろう。

「梓」

「は、はい」

「梓」

「なに？」

「俺のことも呼んで」

「一ノ瀬、くん」

「そうじゃなくて。下の名前」

「……ち、千秋、くん」

遠慮がちな声に、心臓が大きく跳ねた。

「あー……」

「どうしたの？」

「梓が可愛すぎてつらい」

包み隠さず本音を言えば、腕の中の梓がくすりと笑う。

「それ、私も同じこと思ってた」

「同じこと？」

「いち……千秋くんの寝顔が可愛すぎてつらいって」

そういえばこいつ、同居してるときは俺の寝顔見たさに毎朝起こしにきてたっけ。

春陽の寝顔も天使だけど、俺は普段とのギャップでよりインパクトが強いのだとか。

「ふーん？　じゃ、明日の朝、思う存分拝めるな。俺の寝顔」

「え……。ま、まさか、このまま寝るの？」

びくりと跳ねる梓の身体を、さらに引き寄せるように抱きしめる。

「嫌なの？」

「い、嫌とかじゃ、ないけど……」

じわじわと赤くなっていく梓の耳に、キスをする。

梓が「んっ」と声をもらし、ぶるりと震えた。

このままなにもせずに朝を迎える自信はまったくないけど、やっぱり梓は怒るだろうか。

まあ、それもいいか。

「お前のことは、俺が絶対守るって決めたんだ」

「千秋くん……」

「だから守らせてくれよ」

「……うん。ありがとう」

俺の手に、梓の華奢な手が重なる。

彼女への想いが全身からもれだしてどうにかなりそうだ。

「梓。好き」

「わ……私も、千秋くんが好きだよ」

もぞもぞと動き、俺と向かい合わせになった梓。

真っ赤な顔にうるんだ目をこんなに至近距離で見て、我慢できるはずがない。

気づいたときにはキスをして、梓の身体が折れそうなほど強く抱きしめていた。


ふたりで同じベッドで朝を迎え、春陽に見つかり、母さんに告げ口されこっぴどく怒られることになるのだが、その話はまたいつか――。

END

あとがき

この度は『君の笑顔は、俺が絶対守るから。』を手にとっていただき、誠にありがとうございます。夏木エルです。

今作は同居モノということで、いつもより胸キュンを意識して書いたのですが、いかがでしたか？　皆さまお楽しみいただけたでしょうか。

可愛い子が大好きで、自分が可愛いなんてみじんも思っていない梓と、クールぶっておいて実はとても世話好きな一ノ瀬くん。同級生のイケメンと同居なんて、それだけでドキドキですよね。しかもそれが好きな相手だったら……毎日楽しいだろうけど、心臓が持たないかも。

一緒に暮らしていたら、

(このテレビ番組が好きなんだ) とか、

(食べるのは意外とゆっくりなんだ) とか、

(シャンプーはこれ使ってるんだ) とか、

(寝る時はスウェット派なんだ) とか。

毎日が発見で、どんどん好きになってしまいそうですね。もちろん同居ならではのラブハプニングもあったりして、お互い意識しすぎてギクシャクしたり。それもまた楽しい。

梓と一ノ瀬くんは今後も定期的に同居生活を繰り返しそうなので、その度イチャイチャして春陽が怒って邪魔するのでしょう。春陽が成長期に入ったら、本格的な三角関係へと発展するかもしれませんね。（がんばれ一ノ瀬くん！）

今回、梓や一ノ瀬くんたちをとっても魅力的に描いてくださった、漫画家の杏さま。カバーイラストも口絵漫画も、一ノ瀬くんが超絶にかっこよくて倒れそうになりました。私の希望にも丁寧に対応していただき、本当にありがとうございます！

そして支えてくれる家族、何よりも執筆活動を支えてくださる読者の皆さまに心より感謝しております。いつも皆さまからいただく感想が夏木エルの原動力です。よろしければ今作の感想などもお寄せいただけたら幸せです。

師走まであとわずかですね。皆さまお身体に気をつけてお過ごしくださいませ。

二〇一九年十一月二十五日　夏木エル

作・夏木エル（なつき　える）

北海道出身。タピオカミルクティーを飲みながら執筆するスタイルだったのに、ブームが来てタピオカの値段が上がり苦々しく思っている。夏は紫陽花、冬はペンギングッズを集めているが、そろそろ本物を育てたい今日この頃。

絵・杏（あん）

HAPPYを表現したい絵描き。『彼女たちは語らない』（LINEマンガ）完結。『恋の音が聴こえたら、きみに好きって伝えるね。』、『好きって言ってほしいのは、嘘つきな君だった。』、『こっちを向いて、恋をして。』、『ハチミツみたいな恋じゃなくても。』の装画を担当（すべてスターツ出版刊）。ホームページ名『Ann_u_u』

夏木エル 先生への
ファンレター宛先

〒104-0031　東京都中央区京橋1-3-1　八重洲口大栄ビル7F
スターツ出版（株）　書籍編集部気付 夏木エル 先生

この物語はフィクションです。
実在の人物、団体等とは一切関係がありません。

君の笑顔は、俺が絶対守るから。

2019年11月25日　初版第1刷発行

著　者　夏木エル

発行人　菊地修一

イラスト　杏

デザイン　齋藤知恵子(sacco)

DTP　久保田祐子

編集　相川有希子

編集協力　ミケハラ編集室

発行所　スターツ出版株式会社
〒104-0031
東京都中央区京橋1-3-1 八重洲口大栄ビル7F
出版マーケティンググループTEL 03-6202-0386
(ご注文等に関するお問い合わせ)
https://starts-pub.jp/

印刷所　株式会社光邦
Printed in Japan

ISBN 978-4-8137-0800-1 C0193

恋するキミのそばに。

♥野いちご文庫人気の既刊！♥

キミさえいれば、なにもいらない。

青山（あおやま）そらら・著

もう恋なんてしなくていい。そう思っていた。そんなある日、学年一人気者の彼方に告白されて……。見た目もチャラい彼のことを、雪菜は信じることができない。しかし、彼方の真っ直ぐな言葉に、雪菜は少しずつ心を開いていき——。ピュアすぎる恋に胸がキュンと切なくなる！

ISBN978-4-8137-0781-3　定価：本体600円＋税

俺にだけは、素直になれよ。

sara（サラ）・著

人づきあいが苦手で、学校でも孤高の存在を貫く美月。そんな彼女の前に現れた、初恋相手で幼なじみの大地。変わらぬ想いを伝える大地に対して、美月は本心とは裏腹のかわいくない態度を取るばかり。ある日、二人が同居生活を始めることになって…。ノンストップのドキドキラブストーリー♡

ISBN978-4-8137-0782-0　定価：本体590円＋税

どうか、君の笑顔にもう一度逢えますように。

ゆいっと・著

高２の心菜は、優しくてイケメンの彼氏・怜央と幸せな毎日を送っていた。ある日、１人の男子が現れ、心菜は現実世界では入院中で、人生をやり直したいほどの大きな後悔から、今は「やり直しの世界」にいると告げる。心菜の後悔、そして、怜央との関係は？　時空を超えた感動のラブストーリー。

ISBN978-4-8137-0765-3　定価：本体600円＋税

ずっと前から好きだった。

はづきこおり・著

学年一の地味子である高１の奈央の楽しみは、学年屈指のイケメン・礼央を目で追うことだった。ある日、礼央に告白されて驚く奈央。だけど、その告白は“罰ゲーム”だったと知り、奈央は礼央を見返すために動き出す…。すれ違う２人の、とびきり切ない恋物語。新装版だけの番外編も収録！

ISBN978-4-8137-0764-6　定価：本体600円＋税

書店店頭にご希望の本がない場合は、書店にてご注文いただけます。